徐而缓之唱四方

徐而缓 著

SPM
南方出版传媒
广东人民出版社
·广州·

图书在版编目（CIP）数据

徐而缓之唱四方 / 徐而缓著. —广州：广东人民出版社，2018.1
（2023.1重印）
ISBN 978-7-218-12326-4

Ⅰ. ①徐… Ⅱ. ①徐… Ⅲ. ①散文集—中国—当代 Ⅳ. ①I267

中国版本图书馆CIP数据核字（2017）第280312号

Xu Erhuan zhi Chang Sifang
徐而缓之唱四方 徐而缓 著

出 版 人：肖风华

责任编辑：梁 茵 胡 婷
封面设计：河马设计工作室
责任技编：吴彦斌 周星奎

出版发行：广东人民出版社
地　　址：广州市大沙头四马路10号（邮政编码：510199）
电　　话：（020）85716808（总编室）
传　　真：（020）83289585
网　　址：http://www. gdpph. com
印　　刷：北京一鑫印务有限责任公司
开　　本：787毫米×1092毫米 1/16
印　　张：16　　字　数：199千
版　　次：2018年1月第1版
印　　次：2023年1月第2次印刷
定　　价：49.80元

如发现印装质量问题，影响阅读，请与出版社(020-85716808)联系调换。
售书热线：（020）87716172

序

我随而缓走四方

剑兰（安徽省作协会员，诗人）

而缓其人，可谓少年俊才矣。初识此君，竟是被他的歌声所引导。记得那天的傍晚，从二楼的一个陌生窗口里传出来的男中音，像是有魔力似的，使我在懵懵懂懂中，敲响了一扇缘分之门。门开了，一个二十岁左右的粉面少年，眼神中透出的神采，开启了一段使我终生珍惜的友情。

小小的宿舍里，墙壁上，到处都是此君龙飞凤舞的涂鸦之作。那些文字，冲动中透出灵性，狡黠中透出张狂。有限的空间里，到处堆满了书籍。我们像是多年的故交，从两个心灵的泉眼里流出的清水，在时间的序进中，浸润了一条叫友谊的河床。

此君属猴，性情中真的有不少的猴性，不安分、好动，似乎是他与生俱来的天性。稍有闲暇，最喜出门游山玩水，访亲拜友。还不时地邀上我，走南闯北，弄得一向爱静的我，也和他一起疯疯癫癫起来。那两年，也是我结交文友最多的两个年头。其中，不乏一些大神，也多是而缓引见的。而这些大神对我此后的创作，确实有了太多裨益。

猴子是无法待在一个山头的，这猴头混了一个“眼睛诗人”的诨号后，便去了北方。这一去，煞是了得，也许，真是北方的大山滋养了他，这猴头硬是从一个流浪猴，混成了一个齐天大圣。在央视的这座大山里，流浪了多年的而缓，终于找到了真正属于自己的天地。他从一个普通撰稿人、策划人，到CCTV品牌栏目的编导、制片人；从一个狂妄冲动的少年，到北京大学未名湖畔的研究生；从一个四处觅食的野猴，到一个山头的大王。而缓的每一步，都被他点点滴滴地记在岁月的便笺上，或孤独，或痛苦，或欢乐……

而缓对西藏似乎有着先天的神往，他早年写的一首《黑乌鸦》，至今还令我印象深刻，以至于在他的新作《徐而缓之游四方》中第二辑“大散文之东游西逛”中关于西藏的部分，尤其是关于六世达赖仓央嘉措的描写，不仅生动传神，而且资料翔实，使我看到了而缓的另一面，他似乎不再是一个信笔由缰的诗人，而是一个治学严谨的学者。仓央嘉措的一生，似乎是一个诗人必然的宿命，一个纷乱时代一个僧人无法回避的宿命。而缓的文笔中，总有一种动的东西，就像他的天性，即使如莲花，也一定是摇曳在风中。而缓总在入世与出世之间游走，他一会儿是凡人，大凡人，七情六欲，情感尽露，对一朵小花一只小动物，也充满慈悲；他一会儿是太白，飘飘出世，东游西荡，双手空空，无牵无挂，洒脱脱一个云游僧人。而缓的眼睛中，始终有着不灭的纯真，他笑的时候，活脱脱的一个大男孩，一个似乎永远也长不大的大男孩。他对故乡的一往情深，尤其是对天柱山的眷念，不仅流露在他的文字中，而且在他的血脉中，盈盈一江水，默默不得语，天柱山就是而缓终生不弃的情人。

而缓不单单是一个游侠，他还是一位彻头彻尾的环保主义者。他对环境问题的关注和倾注的热情，在诗人中也是不多见的。他的那篇《火中的藏羚羊》发表的时间比陆川的电影《可可西里》至少早上两年。他对艾滋病的关注以及对艾滋病患者的同情与关爱，在他的《艾滋病·撞击地球》中真情尽露，振聋发聩。他通过大量翔实的资料，对艾滋病的产生、传播以及预防作了详尽的说明。而缓的人文情怀以及他的预见性，叫人佩服的同时，也叫人震惊。他与生俱来的家国使命，在他一系列的文章中比比皆是，在他策划的寻找抗战老兵的活动中，而缓以一颗赤子之心，对那些曾以血肉之躯捍卫国家尊严的老兵致以最崇高的敬意。

无疑，而缓越来越棒，一个诗人，一个游侠，一个歌者，他总是不自觉地给自己导演出一部人生大戏，这部戏注定波澜起伏，精彩迭出。这次他的《徐而缓之唱四方》上演了，我们一起跟着他感受一个行者、歌者、侠者、智者的世界吧。

徐而缓的十年磨砺

甲乙（原名叶卫东，作家，安庆市作家协会副主席）

徐而缓很忙。四十岁的他白发早生。即使在和我约见的下午仍然电话不断，大多是和他谈电视节目相关事务的。他说，我一直就是这样，超级忙碌，现在都习惯了。

21世纪初始，来自安庆的文学青年徐而缓，像许多“北漂”人士一样，满怀抱负，来到北京这个大都市。一开始并不顺利，为找到一份合适的工作经过了半年奔波。这是北京对他的第一份磨炼。经朋友推荐，徐而缓进入央视工作，一干就是十年。他说这是“不可想象的十年。不知自己怎么走过来的”。

一开始，而缓做儿童节目《周末异想天开》的策划、撰稿人，时间不长，他就被选调到“曲苑杂坛”栏目组。《曲苑杂坛》是在全国观众中很有影响的电视栏目。但整个《曲苑杂坛》栏目组只有三名工作人员，主持人是汪文华女士，另一位是退休返聘的老先生，负责摄像。他们两人之外的所有事务基本是而缓包揽。而缓一人同时干几人的活。那时，他桌上摆两部电话机，经常是同时接听两个电话。录制节目时，他要跑前跑后，不仅担任前台兼财务人员，负责接待参加录播的演员，为他们订车票，报差旅费，管吃住等琐事；还要整夜守在机房，负责节目的后期剪辑制作。总之，他是节目导演、后期编辑、出纳、前台，后来还担任制片主任等。这些事务要是照一般单位那样细致分工，大约得十个人干。而缓就是一人作战，不管大小事务，他都努力做好，从来不用领导操心。

而缓每天忙到深夜才能回到租住地。有一天，他从央视大楼往地铁站走，赶上沙尘暴，昏天黑地的，还夹杂着雨点。他跑进地铁口，好多人都奇怪地看着他。他也不知怎么回事。回家对镜一看，发现自己脸上、身上都是泥巴点。

在这过程中，他的能力得到很大提高。正常情况下，以一人力量完成这么多事情，几乎是不可能的。但现实磨炼人，繁杂的工作逼得徐而缓掌握一些统筹技巧，很多事务同时做，例如手上做着一件事，脑中赶紧策划下一步工作，在路上还想着串词腹稿。在这个节目组六年间，随时要防止出错，把握节目的高质量。

曲苑杂坛节目组平均不到两天就上一期节目，他们一年做了228期。这在央视创了一项纪录。与此同时，还要保持高质量，收视率保持1.28%，在当时央视所有节目中稳居第七。这一“量与质”纪录至今无人超越。中央电视台副总编辑、CCTV一套节目总监朱彤对此评价：这是个奇迹。

2007年前后，中国电视报每期都有徐而缓撰写的稿子。内容主要是曲苑杂坛节目动态、制作花絮等。后来他又兼任《电视书场》《南腔北调》节目组撰稿、策划、导演。2008年开始，他进入《探索·发现》《走遍中国》《发现之旅》等栏目组，开始制作纪录片节目。因为成绩突出，他还被推荐为中国广播电视协会纪录片委员会的副秘书长。现在，他是央视一套大型节目组的执行制片人，组织节目到各地演出。他责任更大了，但有以前在《曲苑杂坛》栏目组打下的基础，所有的工作对他来说都非难事。

近年间，而缓在作词和作曲上也取得显著成就。腾格尔演唱的《爱是一条船》是由他作词的。凭着这个作品，他在首届中国海洋歌曲创作大赛上获得了一等奖。由中国音乐家协会举办的这次大赛，共收到应征歌词作品3700多首，评选分为三轮，第一轮要从3700首参赛作品中筛选出160首，第二轮复选要再从160首中选出40首，最后才是终评。参加终评的专家、评委包括徐沛东、孟卫东、印青、贺东久、刘青、石顺义和韩新安等，都是国内音乐名家，在专业上很具权威性。

2009年6月徐而缓应邀参加全国著名词曲作家舟山行活动。在舟山，他感受到浓厚的海上风情，一回到北京，就开始着手创作。开始写出的20首词都被他自我否定，直到写出自己满意的一首《爱是一条船》。这首歌歌词节奏明快，律动清晰，得到专家的高度评价。中国音乐家协会副主席、著名作曲家孟卫东盛赞《爱是一条船》："把舟山的特点都写出来了，让我感觉到了大海的味道。"

目录

圣域·藏羚王

对青藏高原，刘宇军和我们一样，怀有一颗“朝圣”之心。

没去青藏高原之前，我们总幻想着有朝一日，能去青藏高原看看，去看看布达拉宫，去看看文成公主，去看看大昭寺、小昭寺，去看看罗布林卡，去灵芝，去日喀则，感受一下青藏高原的空旷，用拉萨河水洗一洗少女的青丝，去面朝雪山吸一吸清新的空气……

今天，“天路”已经架好了。但许多朋友还是难得收拾行囊，到青藏高原来一次无拘无束的旅行。

25年以前，刘宇军就是这样的一个背包客。

1995年，中国还只有高峰、刘宇军等几个人在拍纪录片。

刘宇军选择的拍摄对象是悬棺、黑颈鹤。他在拍丹崖地貌时，发现了龙虎山悬棺，发现了古越人的悬棺葬；他在鄱阳湖拍黑颈鹤时，直升机突然遇上了晴空湍流，螺旋桨折断后，飞机摔了，驾驶员牺牲了，作为摄影师的刘宇军，下额受伤……普通人经历这类事件后，大多就收手了。但刘宇军“是个疯子”，他不会收手，他会接着干。

为了拍摄黑颈鹤的迁徙之路，刘宇军又上路了。黑颈鹤飞到了青藏高原，他也跟着来到了青藏高原。他第一次在这儿拍到了成千上万只的黑颈鹤！而另一扇大门，也朝他豁然洞开——成千上万只藏羚羊，出现在他的镜头里！

那是一种怎样激动人心的场景哦！只有在世界的第三极——青藏高原才能看到这种壮观的场景！那里有雪山，有圣湖，有藏民，有蓝蓝的天，有白白的云，有飞扬的经幡，有圣洁的湖水，有空灵的音乐……一句话，那里，是圣域。

圣域是圣人生活的地方。

圣域有圣人从事的事业。

刘宇军跪下来，他朝雪山大喊大叫，他朝天空张牙舞爪，他不知道是什么力量让他向喜马拉雅山朝拜，但他知道，这里，将是他的战场，这里，将是他战斗的地方，自己要将后半生，奉献在这里。

他决定，要拍藏羚羊。为了拍藏羚羊，他在青藏高原上待的时间太长，同事们再见到刘宇军时，“鄱阳湖版的刘宇军”已经不见了，他的脸被晒得紫红紫红的，人们看到的是一个“高原版的刘宇军”。

虽然他已有纪录片《风雪可可西里》《黑颈鹤》《悬棺之谜》等代表作品，但是现在，他要好好拍一拍藏羚羊。他的法宝，还是“执著”二字；他的法宝，还是用足力气，下笨功夫。

他的“笨”办法是：跟拍藏羚羊群。藏羚羊到哪里，他就到哪里。只要能够拍到藏羚羊，他就在青藏高原上耗自己的时间，耗自己的生命。在同伴们都受不了了的时候，他还一个人坚守在高原上。最困难的时候，他孤身一人，缩在石头缝里，拿着一把匕首，与狼群对峙。幸亏有朋友开着越野车来给他来送粮食，他被解救了出来。

刘宇军有一双善于发现问题的眼睛。有一次，看着藏羚羊迁徙的队伍，他自言自语道：为什么这些藏羚羊都是母的呢？那些公藏羚到哪里去了呢？

他把这个疑问带了回来。他认为自己很笨，凭自己这颗小小的脑袋，解答不了这样的问题。于是，他向中国社会科学院求教，他的疑问得到了美国从事动物学研究的夏洛博士的重视，夏洛博士带领他的团队，来中国专门研究藏羚羊公母分居与母藏羚羊的迁徙路线之谜。刘宇军作为中方唯一非专业人士，全程陪同。

当时，盗猎藏羚羊的行为已经非常猖獗，青藏高原上经常可以看到藏羚羊的累累白骨，或刚刚被盗猎者盗走羊皮，只留下藏羚羊的血肉身躯，在风中无言地愤怒、无声地哭泣……

为了保护藏羚羊，梁从诫（梁思成、林徽因之子）代表“自然之友”环保组织，给时任英国首相布莱尔写信，希望欧洲人拒绝购买藏羚羊毛做成的“沙图什”披巾，没有购买，就没有屠杀。布莱尔很快回信，并在访华期间与梁从诫见面。为了保护藏羚羊，青海省治多县县委副书记索南达杰组织了“野牦牛队”，与偷猎者搏斗，甚至献出了宝贵的生命。为了呼吁更多的人加入到保护藏羚羊的队伍中来，“自然之友”与媒体合作，宣传“野牦牛队”事迹，筹款建立“索南达杰自然保护站”。今天，青藏高原上还有以他的名字命名的“索南达杰动物保护站”。刘宇军和夏洛博士七进西藏、六上青海，经过耐心寻觅和细心探访，他们最终发现了藏羚羊公母分开迁徙的原因，并绘制了母藏羚羊的迁徙路线图。就在中西方组成联合考察队，深入雪域高原工作期间，有一次，他们遇上了大风雪，为了营救中西方联合考察小组，中国的5名武警战士组成人墙，但还是由于大风，被刮下冰川，献出了年轻的生命……1999年春，国家有关部门发动了著名的“可可西里1号”行动，严厉打击了盗猎分子。流了那么多的鲜血，付出了那么多条宝贵的生命，作为参与者与亲历者，刘宇军的心上，烙上了三个字：藏羚羊。

2003年，即上一个“羊年”，CCTV—10频道《周末异想天开》栏目准备制作《属羊数羊》4期特别节目。时任中央电视台副台长高峰，向栏目组推荐刘宇军作为嘉宾，接受中央电视台的采访。就这样，刘宇军与时任《周末异想天开》栏目策划、编导的我认识了。他告诉我，他正准备拍一部藏羚羊的电影。我们二人一拍即合。但在当时，我们拥有的，除了激情，没有其他。

那一年，我的孩子徐其格勒，还不到6岁——和中国其他家庭的孩子们一样，徐其格勒没有其他选择，只能收看日本、美国生产的动画片。为了保护藏羚羊，为了让自己家的孩子能够看上中国人自己生产的动画片，我

当即表示愿意与刘宇军一起，不图任何回报、不收取任何报酬，为保护藏羚羊而战，为中国动画片而战！

当时，深圳是中国改革开放的前沿，文化产业项目可以享受到一些优惠待遇。于是，刘宇军把阵地选在深圳，成立了天宇星文化传媒有限公司。

为了“藏羚羊”这三个字，为了青藏高原上这种神圣的生灵，他决定拼了！为了给技术员们发工资，刘宇军将住房卖了；老婆跟他过了几十年苦日子，受不了，终于离婚……

穷且益坚，不坠青云之志。敬天法地，人心可得统一。一群中国电视人，就这样毅然决然地与刘宇军站在了一起。

从电影《藏羚王》立项的第一天起，我就向刘宇军表示：不图一分钱的回报。电影《藏羚王》的背后，有不少和我一样的人。听说刘宇军为了制作动漫电影《藏羚王》卖了房子、离了婚；作为中国男声第一配音名家，李扬老师主动提出不收任何报酬，免费为电影《藏羚王》配音；鞠萍、王雪纯等中国一流的电视人，也纷纷站出来，愿意义务支持这个属于中国人自己的动画片！

2011年4月，《藏羚王》的先导片短片，在美国第44届休斯敦国际电影节上荣获金奖——这是中国动画片在国际上获得的最高奖项，并获选进入第67届戛纳电影节动画展映；2015年1月，电影《藏羚王》获得中国首届动画电影“天马杯”奖；与《藏羚王》电影同名的电视动画系列片在中央电视台、卡酷动画频道等多个频道的黄金时段热播。

历时25年，为了将藏羚羊的故事搬上荧屏，中国电视人手中的那根接力棒，从我手上，传到你手上；又从你手上，传到他手上……

天柱山下出美女

安徽天柱山野人寨附近，有一个叫“九井”的地方，值得驴友、背包客们，好好去玩一玩——那里保留着非常好的原生态状态，是中国少数几个没有被破坏的好地方之一。

当年，王安石很喜欢九井，他专门赴九井，写过一首诗：

九井

（北宋）王安石

沿崖涉涧三十里，高下荦确无人耕。
扪萝挽茑到山趾，仰见吹泻何峥嵘。
余声投林欲风雨，末势卷土犹溪阬。
飞虫凌兢走兽栗，霜雪夏落雷冬鸣。
野人往往见神物，鳞甲漠漠云随行。
我来立久无所得，空数石上菖蒲生。
中官系龙沉玉册，小吏磔狗浇银觥。

地形偶尔藏险怪，天意未必司阴晴。
山川在理有崩竭，丘壑自古相虚盈。
谁能保此千世后，天柱不折泉常倾。

从这首诗我们知道，王安石到九井，与当时的天旱、求雨有关。“中官系龙沉玉册，小吏磔狗浇银觥”，中等的官员代表皇上，来天柱山九井河一带，将皇上的诏书，投入九井河、投给龙王爷，地方官赶紧把狗杀了，将狗血盛在银酒杯里，向苍天、大地、龙王爷献祭，希求老天爷、龙王赶紧给老百姓下雨。

今天，九井依然故我，吹池而下，一路高歌。

今天，九井依然静美，虫儿在唱歌，鸟儿在捉虫，山民们仍然安居乐业，这里依然可以吃得上黑猪肉——要喂养一两年才能出栏的黑猪肉哦!

这里，今天依然能吃得上小河鱼，吃得上板栗烧土鸡，吃得上山粉圆子烧肉，和天柱山特有的黑木耳、石饵，吃得到天柱山石斛。什么泥鳅汤、长寿面、素炒菜菇、香油地皮菜……这些都是相当地道的农家菜。

天柱山是盛产美女的地方。为什么历史上天柱山一带出美女呢？应该与天柱山一带美丽的自然风光、天然独特的美食分不开吧。所以，中国汉乐府第一长诗《孔雀东南飞》里面的女主角刘兰芝才长得这样美：

足下蹑丝履，头上玳瑁光。腰若流纨素，耳著明月珰。
指如削葱根，口如含朱丹。纤纤作细步，精妙世无双。

刘兰芝的美，是天生丽质。同时，刘兰芝的美，还是后天学习的结果：

十三能织素，十四学裁衣，十五弹箜篌，十六诵诗书。

十七为君妇，心中常苦悲。君既为府吏，守节情不移。

妾有绣腰襦，葳蕤自生光；红罗复斗帐，四角垂香囊……

刘兰芝的美丽，源于潜山这片土地。新石器时期的潜山人，已经脱离了原始人群的流浪生活，逐渐走向定居，并且创造了相当进步的生活、生产用具。这里三面临水、一面靠山，在此定居，既便于饮水、耕作、养殖，也便于上山避灾。这一具有独特环境的定居点，被中国科学院考古研究所命名为“薛家岗文化”，是我国研究新石器时代人类在长江中下游地区生活和生产活动状况的重要地方。潜山很早就掌握了陶制乐器的方法：这里出土的陶乐器，有数十个球，小的中空有丸，摇之叮当作响，大球镂有十四个对称圆孔，内有七个小丸，亦摇之有声。而这些小丸，实际上是古人用来吹的“埙”。

潜山人很早就用玉器，作为自身的装饰品。薛家岗遗址出土的有玲珑剔透的玉环、玉管、玉琮等，就是最好的证明。它们起码可以说明远在新石器时代，潜山女人就很爱美了。这也从另一个侧面说明“爱美之心，人皆有之”这句话，历史悠久。

朋友们到天柱山游玩的时候，如果有条件，可以到黄梅阁去听听黄梅戏。如果条件再好一些，可以到孔雀东南飞影视城去听一听古筝、古琴。天柱山的美女帅哥，那是从刘兰芝、焦仲卿的年代开始就天下闻名的哦！自古以来，天柱山就是出美女的地方，这儿根本用不着“铜雀春深锁二乔”——大乔、小乔本来就出生在天柱山下。天柱山代代出美女，东晋时，天柱山依然是中国历史上的南岳，当时，从天柱山混元教派里，分出了一个新的教派，叫上清派，上清派的鼻祖叫魏华存，人们把她习惯性地称为“南岳夫人”，魏华存也是天柱山人。到了唐代，天柱山出了个美女叫褚三清——她也是道教上清派的信徒。有一次，褚三清与师妹宗多君一起回到天柱山，同行的有宗多君的丈夫——诗仙李白，还有画圣吴道子，书法名家颜真卿。当时，李白写了一首诗，赠给褚三清：

江上送女道士褚三清游南岳

（唐）李白

吴江女道士，头戴莲花巾。
霓衣不湿雨，特异阳台云。
足下远游履，凌波生素尘。
寻仙向南岳，应见魏夫人。

也就是在这一次，吴道子在舒州（今安徽潜山）天柱山老子说经台处，看到了志公的《信心铭》，于是，忍不住手痒，为志公画了一幅肖像；李白看到吴道子画的志公像，也忍不住手痒，为吴道子的画点赞，写了一首《志公画赞》；同行的颜真卿看了吴道子的画、李白的铭，忍不住手痒，将李白的《志公画赞》写了下来……这三个手痒，被舒州好事的石匠们，一帮很文雅的石匠，刻在了石碑上，现在我们把这块石碑，称为“三绝碑”。

到了宋代，天柱山又出了一个美女，叫“梅花小姐”。她的真实名字叫什么我们已不知道了，但这无关紧要，重要的是，她的墓留在梅城。因为喜欢这座满城都是梅花的小城，她把自己的身心留在了这里。近千年来，这座城，叫梅城，人们把这个葬在梅城的姑娘，称为“梅花小姐”。直到今天，我们在这座小城里，还能听到曹阿瞒治军有方、“望梅止渴”的故事，还可以听到梅花小姐巧做“梅花枕”“梅花胭脂”的事情。

梅花小姐的故事，也许只能当做一个故事来听。但苏东坡的夫人被封为“舒州同安郡主”的事情，却是千真万确。苏东坡曾被贬到舒州为官。他的苏门四学士之一的黄庭坚，也因为喜爱天柱山、喜欢山谷流泉，索性把自己的号，定为“山谷”。“黄山谷”这三个字的名气比“黄庭坚”三个字还要响。黄庭坚是以孝出名的，在“涤亲溺器”的故事中，他的母亲李老夫人是主角之一。黄庭坚，北宋分宁（今江西修水）人，著名诗人、书法家。宋哲宗元符年间位居太史，天性极其孝顺。无论是诗歌，散文，或书法，他的作品都得到了广泛赞誉。苏东坡是他的好友，人们将他二人并称为“苏黄”。宋哲宗元符年间，他则成为“独角仙”。他的职责就是编辑当时的历史和安排皇帝的行程。虽然身居显位，但黄庭坚从不骄傲自大。相反，他待人恭敬、顺从，尤其是在孝顺母亲方面，堪称楷模。尽管有一屋子的仆人伺候他的母亲，但黄庭坚每个晚上都亲自擦洗母亲前一天使用的夜壶（便桶），从不要求仆人来做这些事情，而是由他自己来做这件事情。黄庭坚认为：母亲把自己养大，做了很多事情，也很不容易。作为回报，他当然要照顾好自己的母亲。因此，照顾自己的母亲，并不是别人的职责。因为“涤亲溺器”，黄庭坚成为“二十四孝”之一，成为天下人的楷模。

明、清两代的《潜山县志》，记录着苏东坡、黄庭坚等人在天柱山“分桃记”的故事。1986年中华书局出版《苏轼文集》里，有一篇《李公择舒州分桃记》的文章，如下：

李公择舒州分桃记

（北宋）苏轼

李公择与客游天柱寺还。过司命祠下，道旁见一桃烂熟可爱。当往来之冲，而不为人之所得，疑其为真灵之瑞。分食之则不足，众以与公择，公择不可。时，苏、黄二客皆有老母七十余，公择使二客分之，归遗其母。人人满意，过于食桃。此事不可不识也。

李公择，即李常，南康建昌人，是黄庭坚的舅父。宋元丰初年，李公择曾在舒州（今潜山）任淮南西路提点刑狱一职。黄庭坚幼年丧父，只好与母亲一起跟随着舅舅李公择一起，来到舒州。而从苏东坡的这篇文章来看，当时，苏东坡的母亲也在舒州，而且，当时他们的母亲都已经是年过七十的老人。分桃记的故事是天柱山的一段美谈。

天柱山是道教名山。有人说，天柱山石牛古洞的那头石牛，是太上老君的坐骑。但据张恨水先生考证，“牛郎织女”的故事，应该发生在宋代的潜山县。天柱山石牛古洞的那头石牛，应该是“牛郎织女”里的那头神牛。

相传，很久以前的一个七夕，牛郎、织女相会，牛郎把牛放在银河岩上，就迫不及待地和织女到天柱山上幽会去了。神牛看见风光秀丽的天柱山下，地旷人少，男女老少垦荒耕种，十分艰辛，顿现勤劳本性，就悄悄下凡，来到天柱山帮助人们垦荒耕地。由于牛郎织女十分迷恋天柱山的景色，一连几天乐不思蜀，王母知道后，勃然大怒，派天兵天将将牛郎织女押回天庭。但神牛眷恋人间美景，不愿重回天庭，于是遁迹山林，没入千年古洞，变成了天柱山下的石牛。

除此之外，天柱山一带还留下了“十八寡妇抗元”的故事。当时，天柱山义兵长刘源，“奉本朝阃命”，率领十万之众在天柱山、司空山、妙道山一带抗击元军。后来，野人刘源战死，剩下共十八个寡妇，在一个山

寨上继续抗击元军，后来，她们所占的寨子也被元军攻下了，十八寡妇英勇战死，拒不降元。后人为了纪念她们，把她们坚守的山寨称之为“寡妇寨”。

明、清之际，天柱山也是美女辈出。明朝是姓“朱”的安徽人的家天下，清朝虽然是满族控制的天下，但安徽安庆桐城张家就曾先后出过三个宰相。每个优秀的男人背后，必然有一个优秀的女人——如果这还不足以证明天柱山一带盛产美女，那么，天柱山一带的徽班进京、演绎成了京剧；直到今天，天柱山一带依然是黄梅戏的摇篮，如杂技皇后夏菊花、黄梅戏美人韩再芬，都是天柱山下的奇葩。

山养男人、水养女人，天柱山的美女养您的眼睛。

天柱山是一座男人的山，可偏偏就在这座雄奇的山脚下，涌现出了这么多的美女、这么多的好故事——这，又是什么原因呢?

土家“女儿会”和民歌

今天中午抵达湖北恩施。刚到恩施，朋友们就请我上茶馆，喝“玉露茶”。“玉露茶”是我国罕有的传统蒸青绿茶，选用叶色浓绿的一芽二叶鲜叶，经过蒸汽杀青制作而成。这种茶的品质特点为：条索紧细、圆直，外形白毫显露，色泽苍翠润绿，形如松针，汤色清澈明亮，香气清鲜，滋味醇爽，叶底嫩绿匀整。恩施人喜欢民歌，他们形容恩施玉露茶的诗作，也明显带有民歌的特色：

甘洌清江水半勺，五峰玉露茶一撮。
一杯二杯三四杯，唇齿溢香津液多。
身轻气爽力复生，古往今来思路阔。
胜似卢仝汤七碗，习习清风腋下过。

第一次到恩施，不免先学习、先取经。朋友们知道我喜欢民歌，事先就安排了姑娘、小伙子们专门来为我演唱。扑面而来的，是民歌《黄四姐》：

【女】：你初一来不来嘛？

【男】：初一我不来呀。

【女】：你初二来不来嘛？

【男】：初二也不来。

【女】：那你几时来嘛？

【男】：今天不得空，明天要砍柴，后天才到幺妹儿家里来。

《黄四姐》是源于恩施土家族苗族自治州建始县的一首极具土家风情的原生态民歌。她最初源于一个优美动人的爱情故事，与《龙船调》一样，表现的是土家人对恋爱自由、婚姻自主的执着追求与热烈向往。

恩施吸引我们眼球的还有土家族的“情人节”——“女儿会”。八百里清江八百里歌，吸引我们到恩施的主要原因还有这里的《龙船调》：

【女】：正月里是新年（哪衣哟喂），妹娃儿去拜年（哪喂），金哪银儿梭，银哪银儿梭，阳雀叫（哇）八哥鹦（en）（哪）哥，八哥鹦（en）（哪）哥！（白）妹娃儿要过河，哪个来推我嘛？

【男】（白）：我就来推你嘛！

【女】：艄公你把舵扳呐！

【男】：妹娃儿请上（呵）船！

（众）：哦呵喂呀左哦呵喂呀左！

【男】：把妹娃儿推过河（哟喂）！

【女】：三月里是清明（哪衣哟喂），妹娃儿去探亲（哪喂），金哪银儿梭，银哪银儿梭，阳雀叫（哇）八哥鹦（en）（哪）哥，八哥鹦（en）（哪）哥！（白）妹娃儿要过河，哪个来推我嘛？

【男】（白）：还是我来推你嘛！

【女】：艄公你把舵扳呐！

【男】：妹娃儿请上（呵）船！

（众）：哦呵喂呀左哦呵喂呀左！

【男】：把妹娃儿推过河（哟喂）！

这首歌由宋祖英唱响中国，但其发源地，却是湖北恩施。《龙船调》，原名《种瓜调》，是生产风俗歌，后经演化而成为划彩龙船时的一种唱腔，流行于鄂、渝交界地带的利川、咸丰、黔江、石柱等县（市），因其从湖北利川走向全国、走向世界，故音乐界将龙船调定为“湖北民歌”。龙船调是中国最优秀的民歌之一，也是世界25首优秀民歌之一。

据说，采莲船（也叫“彩龙船”）由纸糊篾扎，造型为四角飞檐的顶篷，有四只圆形彩柱架在船身上，船身绘着鱼或龙的图样。采莲船用绸子系在四柱中间“坐”着（实则为站）的姑娘身上，船的两旁各扶着一个“陪妹儿”，桡夫子（艄公）前后左右划桨，船后跟着手持蒲扇、两耳夸张地挂着红辣椒或大爆竹（耳环）的“媒婆”踩着锣鼓点子翩翩起舞，似船儿在水中划走。表演时，艄公以粗犷的嗓音领唱，余者和之，“媒婆”跟着船儿合着锣鼓风趣地扭着十字步。采莲船的唱腔各地大同小异。

1957年3月，散发着土家泥土芳香的龙船调首次登入北京大雅之堂，引起全国轰动，随后被传唱到日本。1962年被收入《中国民歌大联唱》一书。经过艺术加工的《龙船调》，第一个特点是通俗洗练，以浅平质朴的词句成功地塑造出少妇和艄公两个艺术形象；第二个特点是衬词特别多，体现了土家族民歌的艺术特点；第三个特点是衬词中保留着汉字记土家语的句子，更凸显了这首民歌作为土家族民歌的特征。龙船调的音乐独具特色，具有旋律起伏较大、音域较宽、节奏较自由、腔调高亢婉转、优美动听、抒情性强等特点。如今流行于世的龙船调歌词，仅是艺术加工的一种歌词，当地山民在划彩龙船时所唱的歌词，浩如烟海，演唱中依所到之处的主人和事物依曲编词，变化万千。

恩施是一块多情的土地，土家族是一个浪漫开放的民族。住得浪漫，吃得浪漫，爱得浪漫，恨得浪漫，连死了也还要浪漫上一把。

刚下飞机，在恩施机场看到一幅恩施地图，忽然想起一个人：陈涓。

隐隐约约记得陈涓是湖北人。打电话过去，才知道她生于湖北宜昌。当年，陈涓在我们《曲苑杂坛》演唱《七口茶》时，我们被她一侧身是男声、男身，再一侧身又变成了女声、女身的歌声和装束，深深地吸引住了。她唱的《七口茶》，大胆泼辣，深情而又细腻，充分体现了土家儿女的浪漫。歌词如下：

【男】：喝你一口茶呀问你一句话，你的那个爹妈（嘿）在家不在家。

【女】：你喝茶就喝茶呀，哪来这多话，我的那个爹妈（嘿）已经八十八。

【男】：喝你二口茶呀问你二句话，你的那个哥嫂（嘿）在家不在家?

【女】：你喝茶就喝茶呀那来这多话，我的那个哥嫂（嘿）已经分了家。

【男】：喝你三口茶呀问你三句话，你的那个姐姐（嘿）在家不在家?

【女】：你喝茶就喝茶呀那来这多话，我的那个姐姐（嘿）已经出了嫁。

【男】：喝你四口茶呀问你四句话，你的那个妹妹（嘿）在家不在家?

【女】：你喝茶就喝茶呀那来这多话，我的那个妹妹（嘿）已经上学哒。

【男】：喝你五口茶呀问你五句话，你的那个弟弟（嚜）在家不在家?

【女】：你喝茶就喝茶呀那来这多话，我的那个弟弟（嚜）还是个奶娃娃。

【男】：喝你六口茶呀问你六句话，眼前这个妹子（嚜）今年有多大?

【女】：你喝茶就喝茶呀那来这多话，眼前这个妹子（嚜）今年一十八。

【男】：呦耶呦耶呓呦呦耶，眼前这个妹子（嚜）今年一十八（耶）。

走进恩施，通过电话向陈涓请教，才知道其演唱的《七口茶》属于恩施民歌。而民间版的这支恩施民歌，原本叫《六口茶》。而且，其歌词更粗糙、更原生态，其中有这样的句子：

【男】：喝你七口茶呀问你七句话，今年那个过年（嚜）把你娶回家；

【女】：你喝茶就喝茶呀，哪来这多话！你要娶回这个妹子嚜，小心你脑袋开了花！

这样的民歌，实际上来自“女儿会”。“女儿会”是土家族的“情人节”。“女儿会”也是恩施特有的民俗。每年农历7月7日至12日，是恩施传统“女儿会”的吉日。被誉为“东方情人节”的土家“女儿会”，保存着古代巴人原始婚俗的遗风，是偏僻的土家山寨中与封建包办婚姻相对立的一种恋爱方式，是恩施土家族青年在追求自由婚姻的过程中，自发形成的以集体择偶为主要目的的盛会。其主要特征是以歌为媒，自主择偶。届时，以年轻姑娘为主，也有已婚妇女前往参加，通过对歌的形式寻找意中人，或与旧情人约会，畅诉衷情。参加女儿会时，青年女子身着节日盛装，把自己认为最漂亮的衣服穿上，习惯把长的穿在里面，短的穿在外面，一件比一件短，层层都能被人看见，谓之“亮折子”或俗称“三滴水”，并佩戴上自己最好的金银首饰。

女儿会这天，姑娘们把用背篓背来的土产山货摆在街道两旁，自己则稳稳当当地坐在倒放的背篓上，等待意中人来买东西。小伙子则在肩上斜挎一只背篓，形如漫不经心的游子，在姑娘面前搭讪，双方话语融洽，机缘相投时，就到街外的丛林中去赶“女儿会”，通过女问男答的对歌形式，互通心曲，以定终身。

女儿会时，人们唱着《龙船调》，醉在清江上，看着“黄四姐”，跳着摆手舞、铜铃舞，听着《比兹卡》《肉连响》《夷水丽川》，或者，看着南戏、堂戏、灯戏、傩戏、柳子戏，沉醉在山歌情歌的海洋里，沉醉在手舞、足舞的舞蹈中。这样的日子，恩施人情深似海；这样的日子，土家人身上翻滚着情欲的波浪。

恩施是巴文化的发源地，民族文化艺术十分丰富。史载“巴师勇锐，歌舞以凌殷人”，“巴人踏蹄，伐鼓祭祀”，这是土家族先民——巴人征战、祭祀中文化艺术活动的纪实。这些艺术活动传承至今，就形成了“无事不歌舞”的民族风俗文化。被誉为“历史悠久的东方情人节”的“土家女儿会”，已成为传统文化精品，成为恩施市民俗节庆中的盛会。

相传，土家“女儿会”源于明朝末年，距今已有400多年的历史。清雍正十三年（1735年），实行“改土归流”，“女儿会”被禁止。辛亥革命

后，“女儿会”又盛行起来。20世纪80年代以后，恩施州年年都要举办展示民族风情的盛大女儿会，使其成为了恩施民族文化的象征和令山外人心动目眩的艺术奇葩。通过喜庆繁华而又朴素典雅的“女儿会”，能让人感受远古巴人真、善、美的脉搏与灵魂，看到土家人追求幸福、积极向上的民族精神。

恩施土家族苗族自治州位于湖北省西南部，地处湘、鄂、渝三省（市）交汇处。这儿最著名的，当然是八百里清江。清江，人称“世界上最清的江”。在这条神奇的河流两岸，生活着一个特殊的民族：土家族。他们世世代代在这条河上放排、打鱼、钓鱼，直到今天，“清江闯滩”依然是我们到恩施之后不可不玩的一道美景。

与清江闯滩相比，国家4A级风景区神农溪漂流又是另一番景象了。神农溪那古老而浪漫的纤夫文化，那青山常青、碧水长流的世外桃源，吸引了千万业界朋友，醉迷了多少中外游人，真是美轮美奂，自然天成。纵横于群山之间的清江，或咆哮奔腾，或喷珠溅玉，当它流淌到天下第一洞“腾龙洞”时，猛然跌入龙口，形成了卧龙吞江、巨龙腾飞的磅礴气势。可以说，恩施“腾龙洞”是当仁不让的“亚洲洞穴之最”，属于世界特大溶洞之列。

前不久发现的“恩施大峡谷”，属于国家天然AAAAA级景区，许多中外游客慕名前来参观，这儿的悬崖绝壁，竟然完全是90度垂直，最高的悬崖达到 2300米——这样的高度，堪称中国一绝、世界一绝！

这样的好地方，在今日中国已经不多了。不到恩施去看一看，就算不上真正的背包客！

《酒曲》的神韵

陕北民歌自有它的神韵。这些民歌，来源于生活，来自陕北黄土高原，因此带有明显的黄土气息，和浓郁的生活色彩。陕北民歌包括劳动号子、信天游、小调三类。劳动号子包括打夯歌、打硪歌、采石歌、吆牛歌、打场歌。信天游分为高腔和平腔。这些歌曲从不同的方面反映了社会生活，唱出了陕北人民的苦乐和爱憎。它可以在延安的山坡、沟洼、田野、村落唱，可以是陕北劳动人民“感于哀乐，缘事而发”，老百姓们可以用他们的拦羊嗓子、回牛声，或吟哼，或吼喊，发出他们的山野之声，唱出他们的里巷小曲。

1935年至1965年是陕北民歌的兴盛期。

1935年毛主席率领的中央红军到达陕北以后，陕北成了中国革命的指挥中心。这一时期的陕北民歌，主要反映土地革命、抗日战争等内容，产生了很多革命历史民歌。1942年兴起的大生产运动和新秧歌运动，对陕北民歌的发展起了重要作用。在军民大生产运动中，佳县、绥德、米脂、清涧等革命老区人民，积极响应边区政府的号召，大规模、有组织地移民到人烟稀少、土地较多的延安地区，开梢林、垦荒地，其中许多人以后就定居延安各地。移民们将许多民歌和民间艺术带到延安。其中，最著名的要数《东方红》了。《东方红》原名《移民歌》，歌中唱到“佳县移民走延安，一定要开老南山，不过几年再来看，尽是一片米粮川”。经过革命文艺工作者的采集和改编，出现了《东方红》《翻身道情》《绣金匾》《拥军秧歌》等一批享誉全国的陕北民歌。可以说，《东方红》唱出了时代的心声，表达了亿万中国人民敬爱毛主席，跟着共产党闹革命求解放，建设新中国的决心，唱出了一个“红色的东方”。而《翻身道情》将陕北民歌的影响力、感染力演绎到了极致，“唱出了一个新天地”，使“大家团结闹翻身”成了引领当时时代的共识。陕北人民是唱着《东方红》和《翻身道情》，迎接着新中国的诞生。紧接着，《三十里铺》《赶牲灵》《黄河船夫曲》《跑旱船》《五哥放羊》等陕北民歌，相继问世，成为这一时期陕北民歌中的精品。1952年中央歌舞团在绥德县数千名歌手中精选了三十多人，组建了陕北民歌合唱队，使陕北民歌有了国家级演唱团体，让陕北民歌不仅唱响了中国大江南北，而且享誉国际舞台。

陕北，是民歌的世界，民歌的海洋。这里民歌种类很多，当地的老百姓将这些民歌俗称为“山曲”“酸曲”。主要包括信天游、小调、酒歌、榆林小曲等二十多种，其中以“信天游”最富特色、最具代表性。

陕北民歌是黄土地的母语和家园，更是黄土文化的特色和精粹。唱民歌的时候，人们可以将目之所及、神之所思，一人一事、一物一景，一山一水、一草一木，信手拈来，唱入歌中，如“三十里明沙二十里水”“端格挣挣白杨冒得高”“大红公鸡墙头上卧”“荞面圪坨羊腥汤”“热格腾腾米酒摆上桌”等等。我曾在北京五棵松影视之家，与“陕北歌王”王向荣对歌，王向荣老师的风采，赢得了我们栏目组工作人员的一致称赞。王向荣老师爱音乐，爱陕北民歌，用他的话讲："陕北民歌，土气、大气、美气——她土得掉渣、大得雄奇、美得撩人！在我们那儿，女人们忧愁哭鼻子，男人们忧愁唱曲子。我们的所有情感，都可以用民歌来表达。无论是站在崇山峻岭之巅，还是走在弯弯曲曲的山道里，或者行进在一马平川的大路上，到处都可以听到顺风飘来的悠扬歌声。"

王向荣简直就是一座音乐的宝库，什么山曲、漫瀚调、爬山调、二人台等等，他都可以信手拈来，随口就唱。他在陕北民歌演唱界的地位几乎是无可替代的。他曾为多部影片配过插曲，并随团参加过苏联、法国、瑞士等国的国际艺术节。1980年他曾在人民大会堂和怀仁堂演出；1992年他曾应邀赴日本演出；2006年7月26日，王向荣清唱原生态民歌专辑《"陕北歌王"王向荣》由中国唱片总公司推出。王向荣老师有着一颗朴素、纯真的陕北汉子的赤子之心。2016年7月初，安徽省安庆市宿松县遇上了百年一遇的大洪水，王向荣老师夫妇接到我的电话后，一分钱不收，就从陕西西安飞赴安徽抗洪救灾第一线，为官兵们义演，为安徽的父老乡亲们义演。陕北民歌在王向荣老师这样德艺双馨的老艺术家身上，不仅是歌曲，更是凝聚人心、绽放光芒的旗帜。

而1985年生于榆林市榆阳区大河塔乡冯家湾村的王二妮，近些年来经常活跃在中央电视台的荧屏上，她演唱的《三十里铺》《回延安》《信天游》《走西口》等陕北民歌，深深地为全国广大电视观众所喜爱。

2008年6月，陕西省榆林市、延安市申报的陕北民歌经国务院批准列入第二批国家级非物质文化遗产名录。

下面这支陕北民歌《酒曲》，是我花了好长时间听、记下来的。

什么它有嘴不说话哎？什么哪个无嘴叫哟喳喳？——伊呀啊呜哎
什么哟有腿不走一个的路——啊呜喂？
什么无腿转游天涯——伊呀啊呜哎！

茶壶它有呀不说话哎！铜锣那个无嘴叫哟喳喳——伊呀啊呜哎
桌子哟有腿不走一个的路——啊呜喂！
巧嘴哟无腿转游天下——伊呀啊呜哎！

什么它开花面朝天？什么哪个开花颠呀颠？——伊呀啊呜哎
什么哟开花路旁一个的摘——啊呜喂！
什么哟开花不要见面哟——伊呀啊呜哎？

杨艳它开花它面朝天，瘪嘴开花那个颠呀么颠——伊呀啊呜哎
马莲哟开花路旁一个的摘——啊呜喂！
草苗药开花不要见面——伊呀啊呜喂——伊呀啊呜喂！

王宏伟的这支《酒曲》，听起来十分耐人寻味。

陕北民歌中，还有一部分是在婚嫁仪式上唱的，如：

（1）
洞房里箱子一对对，
和和美美一辈辈。
金娃娃配了个银娃娃，
明年养一个胖娃娃。

（2）

太阳下来红花开，
我给事主送喜来。
梧桐树上落凤凰，
事主门上挂金牌。
一撒金，二撒银，
一撒撒到事主门，
赔箱子，赔柜子，
你们两口好上一辈子。

这样的歌词，唱起来很友好，很吉利，很喜庆，说得恰到好处，充分表现了陕北人民纯朴善良的品质。主人和新郎官、新娘子听了，都会十分惬意。

陕北民歌也有“哭葬歌”。这些民歌多半是妇女边哭边唱，唱到辛酸处，忍不住又号啕大哭起来。如《哭母亲》，是由出嫁后的女儿哭唱自己的母亲，唱词是这样的：

没享福的妈妈哎——
我回来伺候你没下场呀！
你叫我怎嫁走呀？
你把我们拉扯大受尽了苦呀！
你叫我们心里下不去呀！
你叫我们心里下不去呀！
妈妈哎，我的没享福的妈妈哎……

此外，陕北民歌中还有一首《光棍哭妻》，不得不记：

正月来锣鼓敲，
想起我妻儿好心焦。
年年月月有妻在呀，
到如今贤妻土里头埋呀——孩儿的妈妈哟！

二月里来刮春风，
妻儿留下了两条根。
生意买卖闹不成
无娘的孩子谁心疼呀——孩子儿的妈妈哟！

三月里是清明，
家家户户上新坟。
人家上坟成双对，
可怜我光棍一个人呀——孩儿的妈妈哟！
……

这样一唱三叹之后，直到唱完12个月。最后还有一段唱词是：

哭我的妻，喊我的妻，
哭天叫地不言语。
要想夫妻重相会，

除非死后在阴曹地呀——孩儿的妈妈哟！

如果说黄土高原是黄土的海洋，那么，陕北民歌就是陕北人歌曲的海洋。按照古人刘勰的说法，“兴”，既有比喻的意思，也有兴托、发端的作用，信天游的“比”“兴”非常广泛，上至日月星辰、风云雨露；下到花草树木、鸟兽虫鱼；还有柴米油盐、五谷杂粮、衣食起居，陕北民歌都可以拿过来，起兴作比。

359旅之后的南泥湾

上次崔永元做《重走长征路》，这次，我们做《重访南泥湾》的节目。

歌曲《南泥湾》诞生于20世纪30年代，由贺敬之作词，马可作曲。它融入了陕北信天游的音乐元素，让人听起来很亲切，因此，受到了当年红军、八路军官兵、老百姓的一致欢迎。直到今天，许多人依然会唱这支歌。

在今天看来，当年的南泥湾真是一个不可思议的奇迹：那时的人们一手拿枪，一手拿着锄头，自力更生，自助自救，359旅将南泥湾硬是建成了一个全新的“塞上江南”。359旅旅长王震，是个著名的大胡子。他不仅将南泥湾建成了延安的粮仓，若干年后，他还将新疆建成了棉花基地、建成了一个更大的人间天堂。

建党90周年，走进延安，走在延河边上，走在宝塔山下，我在想，什么中国共产党可以在短短的90年时间里，从一个弱小的、几个人的组织，发展壮大成为今天世界上最大的执政党？究竟是什么文化、什么力量，让我们的国家在短短的30年时间里，拥有了如此强大的创造力？条条大路通北京、家家户户住新房、黄土高原变绿洲、和谐中国奔小康。这些骄人的业绩起码说明了一点：只有共产党，才能救中国。

成绩，是显而易见的，虽然问题也依然很多。如果将中国共产党建党90周年分成三个阶段，不难发现：前30年，我们中国共产党是处在生长期；中间30年，我们中国共产党处在新中国成立初期，百废待兴，人们生活的幸福指数很高，可以夜不闭户，夜夜笙歌；后30年，我们中国共产党处在改革开放时期，因为没有理论可以指导我们搞经济建设，所以，邓小平同志倡导我们“摸着石头过河”“不管白猫黑猫，捉到老鼠就是好猫”，从经济建设上回头看，毋庸置疑，这种试验是成功的，它让我们的国家富了，老百姓的日子更好过了。

我们常说，“上善若水”。知道“水能载舟，亦能覆舟”的道理，我们共产党人就一定能够真正做到“善利万物”。而善制万物的核心不外乎五个字：为人民服务。

这次我们赴延安录制CCTV-15音乐频道《乐游天下》栏目的《重访南泥湾》，专门邀请“陕北歌王”王向荣、“陕北女儿”王二妞一起回延安，是想用歌声向全国人民献礼，用音乐向建党90周年献礼！衷心祝愿我们的国家长治久安，衷心希望老百姓能够风调雨顺、平安快乐。

我们这些做导演的人，一生大部分的时间总在路上。改革开放三十多年以来，我们见证了盛世中国的飞速发展，见证了平民百姓的喜怒哀乐，我们工作着，快乐着，歌之不足，舞之；舞之不足，蹈之；蹈之不足，咏之；咏之不足，叹之；叹之不足，唱之！我是导演徐而缓，也是作家徐而缓，还是行吟诗人、行吟词人徐而缓。我们有幸生活在中华民族最兴盛、最强大之际，我们与祖国同呼吸、共命运、齐歌唱！

车窗外面，是宝塔，是宝塔山，是青青的槐树，是一串串白白的、沉甸甸的槐花，是宽宽的、笔直的高速公路……延安变了，她的这种变化，感染了我，激励了我，拿出手机，我创作了下面这首歌词，后来由戏曲、影视、歌唱三栖明星段红，在CCTV-3《天天把歌唱》栏目中多次演唱。

又唱南泥湾

作词：徐而缓　作曲：孟美璋
编曲：刘路　　演唱：段红

三十年前回延安
陕北的山来山套着山

山上虽然没有树
黄土高坡紧相连
黄土里种来黄土里收
这样的日子难改变
见到宝塔一声声喊
又唱当年的南泥湾
花篮的花儿香
听我来唱一唱，如今的南泥湾
荒山边良田，变呀变良田
又战斗来又生产，三五九旅是模范
咱们走向前，鲜花送模范，送呀送模范

【女童，白】花篮的花儿香听我来唱一唱
来到了南泥湾，南泥湾好地方，好地方！

三十年后回延安
陕北的高速修上了天
道路两旁槐花香
延河水清天更蓝
东边边唱来西边边和
高高兴兴我上延安
见到宝塔一声声喊
又唱当年的南泥湾：
花篮的花儿香，听我来唱一唱

如今的南泥湾，荒山边良田，变呀变良田
又战斗来又生产，三五九旅是模范
咱们走向前，鲜花送模范，送呀送模范
咱们走向前，鲜花送模范，送呀送模范

今天去草原

我要去草原。

中国人没有几个不想去草原上走一走、看一看的。因为，每个中国人都知道：草原是空旷的，辽阔的，博大的。

而深层次里，我们想去草原，还有更多的原因。草原，是羊群生长之地。中国人是以羊为善、以羊为美的。“善”字也好，“美”字也好，“鲜”字也罢，都与“羊”有关。

我已经去过好几片草原了，到了锡林郭勒盟人认为最好的草原：东乌珠穆沁旗。在东乌珠穆沁旗，我们有幸认识了苏布道大姐全家。可惜，我去的不是时候。那一次，我们趁“五·一”长假出游，虽没有看到绿草如茵的大草原，但我们玩得很开心，很惬意。因为，草原是我们心神向往之地。我们像两个走回中世纪的孩子，我们在那儿给母亲湖叩头，向长生天致意，我们将帐篷扎在阿日布其格家的房子边上，我们将爱的汗水洒满了乌珠穆沁的大地。前几天，我带着儿子徐其格勒，与唢呐演奏家孟美璋、“齐派画家”胡紫藤一起去了趟二连浩特。我们在乌兰察布停留了两个晚上。但草原再次辜负了我——我仍然没有看到“天苍苍、野茫茫、风吹草低见牛羊”的场景，因为这两个地方的草场沙漠化很严重。

普天之下，哪里才有我心目中那块圣洁的牧场和青草地呢？！我问天，问地，我在梦中经常这样问自己。

终于有一天，网友“青青妹妹”告诉我：

“哥哥你去的是西部。而我们草原最美的季节是8月份，那达慕一般也在8月召开。你要趁那个时候来草原。”

“你的家在哪里呢？”

“草原深处是我家。”

“呵呵，哪儿才是‘草原深处’呢？”

“当然是呼伦贝尔大草原啦！每年7—9月份，呼伦贝尔草原绿波千里，一望无垠。那时的草原，水草丰美，绿地蓝天，牛羊肥壮，风轻云淡，风光绮丽，令人神怡。哈达，长调，篝火，会让人久久地流连。你问哪儿的草原最好？当然是呼伦贝尔大草原啦——呼伦贝尔是我精神里的天堂！”

看来，我的草原行，现在才算找准了方向。

上网查了查，才知道呼伦贝尔草原名列世界三大草原之一，位于内蒙古呼伦贝尔市，因点缀其中的两颗明珠呼伦湖和贝尔湖而得名。呼伦贝尔大草原闻名天下，原因有三：一是草原曾诞生过一代天骄成吉思汗，是蒙古族发源地；二是它是世界上最优质的草原，草场质量极好，割下来的草远销东南亚；三是盛产体格高大壮健的三河马、三河牛。

在网上找了找呼伦贝尔的图片，才发现呼伦贝尔原来是如此的高远、洁净，她离我们并不远，我想去看看她，她是不是如我想象的一样美呢?

呵呵，但愿吧。

不过，我更希望我的那些想去草原的朋友们，看了我这篇文章后，能少走一些弯路——对，去草原，直接去呼伦贝尔!

2011年9月6日，我在呼化贝尔的陈巴尔虎草原采风，创作了一首《今天去草原》，以示纪念:

今天去草原

作词：徐而缓　　作曲：孟美璋

放下放不下，今天去草原!
马头琴牵动西边的云
其其格开满东边的山
我是天空上盘旋的鹰
我是谁的云啊? 你是谁的山?

悠闲不悠闲，今天去草原!
枣红马永远那样的真
小羊羔永远这样的善
我是草原上奔驰的马
我是你的水啊，你是我的盐!

我爱这里的草

我爱这里的天
妈妈的帐篷夜夜有好梦
父亲的天空永远啊蔚蓝！

玲珑山上访琴操

这几天小隐临安，偶然得知自己的住处比邻着一座玲珑山。玲珑山的那边，就是郁达夫的家乡富阳了。郁达夫写玲珑山的游记，曾吸引了我的眼球。直到今天，我仍然记得他写琴操的四句诗：

山既玲珑水亦清，东坡曾此访云英。
为何八卷《临安志》，不记琴操一段情？

当年，才子郁达夫是个讲究男女平等的新青年。陪他同登玲珑山的是潘光旦、林语堂。文人骚客如郁、潘、林者，能同游玲珑山，实在是一件盛事。

今天一早，吃了口早点，就直奔玲珑山。玲珑山上，睡着一位冰雪聪明，蕙质兰心的姑娘：琴操。

“琴操”作为一个女儿的名字，是北宋年间的事了。但最早的“琴操”二字，是琴曲的标题，传说是东汉蔡邕撰写的琴曲，也是现存介绍早期琴曲作品最为丰富而详尽的专著。而让我们知道世间有“琴操”其人的，却是苏东坡。

东坡学士管理杭州期间，曾泛舟西湖，偶然遇到在另一只船上弹琴的琴操。那一年，琴操16岁，而苏东坡已经到了知天命的年龄。那一天，琴操为苏东坡抚琴一首，被东坡的好友佛印和尚称为“百年难得一闻”。苏东坡本是一个性情中人，也是出了名的苏大善人，于是，由苏东坡出钱，给琴操姑娘赎了身。

一个是身为杭州知府的苏东坡，一个是红极一时的歌妓琴操。这种身份地位的迥然不同，使他们受到世俗和伦理的束缚，使他们不可能结为连理。

苏东坡与琴操之间，曾有一段有名的对白：

一日戏曰：“我作长老，尔试参禅。”琴操问：“何谓湖中景？”苏轼答曰：“落霞与孤鹜齐飞，秋水共长天一色。”琴操曰：“何谓景中人？”答曰：“裙拖六幅潇湘水，髻挽巫山一段云。”“何谓人中意？”“随他杨学士，鳖杀鲍参军。”“如此究竟如何？”“门前冷落车马稀，老大嫁作商人妇。”

宋人《泊宅编》《东坡笔记》，对此均有所记载。相传，琴操听完苏东坡的这最后一句偈语后，心中大悟，唱出一阙心词，以谢东坡：

我也不愿苦从良，我也不愿乐从良，从此念佛向西方！

需要说明的是，宋代商人的地位是十分低下的。但凡经商的人，必须左脚穿白麻布鞋，右脚穿黑麻布鞋，以示身份、地位低下。琴操大悟后，在临安玲珑山别院削发为尼。这就是中国历史上有名的“琴操参宗”的典故。琴操一曲知音老，红颜自古皆薄命。琴操能参透这个道理，应该是她的福气了。宋人笔记《枣林杂俎》中写到“琴操年少于东坡，和诗人有过一段忘年情”。元代戏曲《眉山秀》和《红莲债》，也对他们的这段情，有所模唱。

我第一次知道琴操，知道郁达夫写给琴操的那首诗，是在四川眉山三苏祠。当时，杨再琪老师的夫人李小苹，任三苏祠博物馆的副馆长。她唱得一曲曲好词，写得一首首好诗，是当今中国最好的解说员之一。今日有此机缘，走进玲珑山，访得琴操墓地，当然要赋诗两首，以谢四川的朋友们：

（一）

玲珑山上访琴操，秋风丽日叶萧萧。
东坡来时人未远，满山油栗落逍遥。

（二）

我今来时草叶衰，竹枝横斜影徘徊。
八百台阶弹不尽，一曲琴操惹尘埃。

眉山一品茶

四川人会享受。这个，值得我们学习。为了迎接我们摄制组，三苏祠博物馆的杨常沙馆长专门陪着我们（眉山周闻道、周强，乐山杨光，山西太原李栋等），夜游三苏祠。因电路不畅，我们只能打着电筒、凭着手机的照明光，走在三苏祠的小路上。四川多湿，夜晚的三苏祠，俨然成了癞蛤蟆的世界，方块石上、道路两边，随处可见一只一只的癞蛤蟆。

四川眉山自然环境之好，由此可见一斑。

为了给我们助兴，来自乐山的朋友们，在一把小提琴的声音中，朗诵了周闻道兄的若干文字。这样的美景、美事，何亚于王羲之之兰亭、欧阳修之醉翁亭、王勃之滕王阁之聚乎？

我在三苏家的那方池塘边，小坐了一会，吟诗一首：

夜宿苏祠醉荷塘，天青水秀芰飘香。
临水池阁蝉声起，今夜眉山属徐郎。

“乡村四月闲人少，才了蚕桑又插田。”套用宋人的这句话，我们可以“听罢琴声又喝茶”。

杨再琪、李晓苹果真就来请我们喝茶了。

与高人雅士相交，一不需“装”（心中无物，装沉默大度），二不需“抑”（腹中千言却一言不发，或很少言语），三不需“鼓”（情绪激动，手舞足蹈，兴奋过度）。平和自然，说胸中快乐事，带给别人快乐，是为人生谈吐最高境界。

上得二楼，藤椅六把，小桌两张，围成的天地暖融融、美滋滋。

杨老师言语少，见到我却愿意多说话，所谓士逢知己愿饮酒，酒逢知己话便多。杨老师的画，如丰子恺道路虽同，风格迥异：丰子恺多用焦墨，线条少，人物刻画生动，以画意“善”“真”“美”取胜。杨再琪的

画，属于写意小品，也是文人画的一支流脉，其特色是诗画同工，用笔恣肆，画意或者诗人站在画外，手持一杯淡茶、一支烟斗、一把纸扇，看杨柳低垂、荷花初绽；或者画家就在画里，辛苦泼辣，讽刺中有笑容。眉山虽小，却隐有杨再琪这条“大龙”，实在是让人刮目三分、另眼相看矣！

李晓苹老师话“多”。李老师本是一非常女性，虽然年近60，但谈吐自若，只要谈到李白、苏东坡，和她所喜爱的诗歌，她就会滔滔不绝、口若悬河。她不仅擅说，还擅唱：什么四川清音、川剧、流行歌曲，甚至我们家乡的黄梅戏，以及京剧，她都能张口就来。说到情深意切处，她能大眼含泪；唱到胸中闪情点，她会珠泪低垂，让人同悲。“真人”本指道友——三苏祠的李晓苹副馆长虽不是真人，却以“真”取胜，以学识取胜，以一个“诚”字赢得了天下被解说者的爱戴。人生一世，做哪一行都能出成果。三苏祠的李晓苹，堪称讲解行当里的“女状元”。

眉山继“三苏”之后，又得此一双“活宝”，岂不美哉！！！

交谈中，杨老师提到一首诗，是我此次眉山品茶所得之一，不可不记：

采石矶边一堆土，李白诗名高千古。
来来往往一首诗，鲁班门前弄大斧。

呵呵，杨老师，弄大斧的人，真应该到鲁班门前去耍耍哇。像我这样，会写几个字、写几句诗的人，是不是应该到您的门前来玩一玩呢？呵呵。

李老师给我们讲的故事里，也有类似的一首打油诗，很有意思。

话说苏东坡被贬官期间，带着朝云，去某寺院喝茶。庙门前一个老太太正在做针线活。她见东坡衣冠不整，就不想让他进去打扰老和尚的安宁，便很不客气地问：

“你来干什么？”

“我来与大师喝茶。”

“你也想喝茶？”

“那当然。”

“你会写诗吗？”

王朝云说：“当然，这是苏东坡苏大人，他可是当今的大文豪哟！”

老太太看看苏东坡，将信将疑：“你是苏东坡？不过，仔细看看，倒也有几分相似。衣服穿成这样了，谁知道他是不是苏东坡呢？这样吧，我出个题目，你给我写首诗，写好了，我便放你进去。写得不好，你就不是苏东坡，你们就到别处去喝茶吧！”

苏东坡笑笑，像中央电视台的王小丫那样，将右手朝天上一举，说：

“请出题。”

老太太看了看四周，见到地上自己的针线簸箩，信口出了个题目：

“就以《针线》为题吧！”

东坡笑了笑，说：

“这种题目，还是让我们家朝云来给你写吧。”

王朝云跟随东坡多日，早想显显才艺，今日得此良机，听东坡先生说由自己来代表苏大学士来写一首诗，心中高兴，便想利用这个机会，气气这个有眼不识苏东坡、有口常吃东坡肉的凡间老太太。她想了想，便念出了这样的句子：

二分白铁打磨成，一拱一拱往前行。

眼睛长在屁股上，只认衣冠不认人。

老婆婆听了，很不好意思。这名男子身边的女子尚且如此厉害，这个男人的学识也就可想而知了。她正想说点什么，就听庙里的老和尚在说：

“老婆婆，快请他们进来！来的正是苏大人！”

于是，茶，进茶，进香茶；坐，上座，请上座。

人生得一妾若此，64岁便去世了的苏东坡，做鬼也是个风流鬼哟！来来来，李馆长、杨老师，我们还是为王朝云、为苏东坡苏大人喝上一口罢！

秦腔缘

我喜欢秦腔。因为，它是一种男人的腔调和语言。

秦腔是吼出来的，不是唱出来的。我认为秦腔是男人的专利。单雄信《踹唐营》，不可以“娘娘腔”，不可以“姑嫂调”，不可以“小二黑结婚”，不可以“树上的鸟儿成双对”，不可以“天上掉下个林妹妹”，总之，秦腔是与众不同的，它有自己的衣，自己的帽。秦腔的自留地里，只能种《黑虎显神》《李逵探母》《铡美案》那样的种子，只可以结《斩单童》《花打朝》那样的果子。

最早引我对秦腔入迷的，是王学圻等人饰演的电视连续剧《大秦之腔》。其中，若有若无、却又无处不在的秦腔，让我知道，西部，是属于男人的地盘。

经王化武推荐，后来，我认识了秦腔演员中的杨新晓、胡林焕、聂文华等人，加上以前的“王木瓜”，对中国秦腔，我也算了解一二了。其中，我最喜欢的秦腔演员要数胡林焕。胡林焕是当今中国秦腔架子花脸（铜锤花脸）代表性的人物。他的唱念做打，均属上乘。特别是他的唱功，吐字清晰，宏畅宽厚，气势磅礴，堪称一绝。他的做工也是大方炽热，沉稳干练，赢得了许多人的喜爱。

前段时间，我赴西安录制两期《绿色空间》特别节目，专门请胡林焕兄到现场唱了一段：要知道，我们可是临时写词、临时选腔、即兴演唱、马上录像哦！林焕兄二话没说，拉开架式，张口就唱，而且，还唱得非常好！

那天，我们即兴创作的唱词如下：

家住陕西定边县，黄土高坡有家园。
祖辈喝的是高氟水，牙齿黄来腰腿弯。
净水器进了农家院，香甜的米饭捧面前。
再也不为水熬煎，幸福的日子万万年！

小小的曲江遗址公园，竟然成了林焕兄即兴表演的大舞台；偌大的西安古城墙，竟然成了胡林焕兄录像的一个小背景！开弓就射当头雁，可见，演戏之乐，不是凡人所能体会的哦。

演唱之余，我们在西安城外合了张影，也算不负西安之行罢。

秦腔为什么会是吼出来的呢?

——答无恃斋主问，兼及其他

无恃斋主，您的这个问题，只能凭我自己的揣摩，试答如下：什么树上开什么花，什么土地上结什么果。秦腔，产生于黄土高原，那儿缺水，寒冷，自古以来，那儿的自然环境就很差。为了抒发胸中的块垒，人们（特别是西部的男人们）面对着恶劣的自然环境（如年年歉收的土地，冷漠无情的黄河水），他们当然只能是骂出来、吼出来，胸中才有快意。于是，吼骂之声成秦腔。另外，秦腔，出自“秦”地，由来多唱“秦王”时期的故事，并以唱“单雄信踹唐营”“斩单童”等最为经典。而这些唱段，均表现的是特殊人物“单雄信”生逢乱世，对家、国、人（友情）的极端失望。根据“内容决定形式”的说法，这种内心情感的发泄，那些特殊内容的表达，非“吼”无以畅述幽情、忧情，非“吼”无以表述戏曲人物（英雄）对那个世界的极端绝望。所以，吼，是秦地男人的胆；吼，是秦腔的魂。

京剧正是借用了秦腔这种韵味，发展了自己的架子花脸、铜锤花脸。

中国戏曲，各有特色。概括起来：黄梅戏是“哭”出来的，越剧是

“装”出来的，秦腔是“吼”（或“骂”）出来的，川剧是“笑”出来的，藏戏是“说”出来的，二人台、二人转是“扭”出来的。

黄梅戏诞生在湖北、安徽两省交界处，历史上，因为贫穷，那一带的民间艺人，只能是乞讨为生，靠卖艺换点吃的。因为，他们目之所及是贫穷，身之所处也是贫穷，所以，我以我声唱我身，所唱出来的，多是《补褙褡》《王小六打豆腐》《女驸马》《打金枝》这样的小戏。当然，其中也不乏《对花》《夫妻观灯》这样的小戏。即便这样，细品之后，我们依然能从中品出那种快乐背后的“哭声”或“哭腔”。

为什么说越剧是“装”出来的呢？这个“装”字，也可以理解成“妆”。“装”字本是“妆”的另一种写法。越剧靠化妆。小衣小靠根本上不得越剧的大台面。我们知道，越剧是没有男演员的。所有的角色，都靠女演员来装扮。所以，越剧玩的是“秀”字，看的是“嫩”字，归根到底是一个“装”字。

秦腔可以看成是“国骂”。前文已说，此处不多表了。

在各大剧种当中，“川剧”算是另类。它靠“变脸”“喷火”等特技而闻名，也因其自身特色而为民生喜爱。四川人是喜欢文学、美术的，他们喝的是甘茶，打的是麻将，赏的是清音，玩的是幽默，所以，笑，对于他们来说非常重要。所以，丑角，是川剧的核心人物。“老鬼”魏明伦正是抓住了这个核心，才写出了《变脸》。

藏戏历史悠久，靠一代代艺人心口相传。说表的功夫，是这些藏戏演员最扎实的基本功。他们可以将大段大段的故事“说出来”“舞出来”“跳出来”。说，在其中占据着最重要的地位。没有说表，就让人不知道藏戏的内容，所以，说，是藏戏的灵魂。

中国戏，如果要取一个共同的名字，应该是“二人台”。因为，中国戏剧所描述的故事，多是才子佳人二人唱。

而二人台也好，二人转也罢，基本上也是靠两个人在台上“扭”出来的。他们一表一达，四条腿在台上（可以是任何地方）随便扭动、跳跃，唱的是男女之情，表的是男女之爱，舞的是男女之愉，蹈的是男女之欢。离开了“扭捏”的法宝，两个人也无法将戏演下去了。

以上浅见，纯粹是我个人的看戏心得。暂列于上，供各路诸侯雅正。

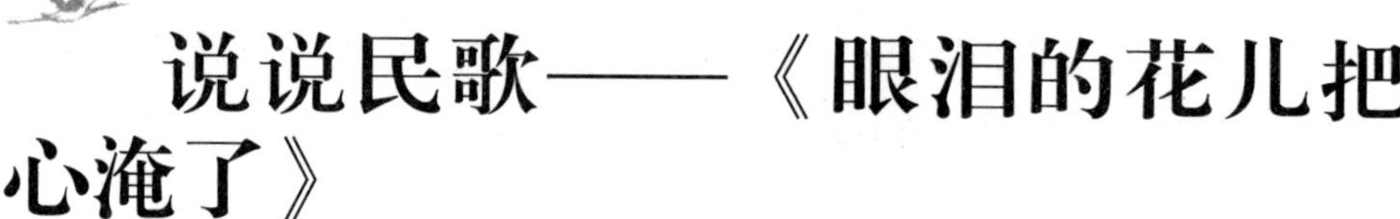

说说民歌——《眼泪的花儿把心淹了》

2010年10月31日，我乘CA1279次航班，从北京出发，抵西安时已经是下午3点多钟，饿着肚子，忍着低血糖头晕，见到西可兄时，多话不说，直奔“食堂”——管它什么菜与主食呢，吃饱了再说。呵呵！

晚上，与《诗选刊》主编周公度、西安于宏涛、甘肃平凉柳育武等赴大雁塔附近吃素斋，西可兄海量，席间每饮一杯，必做雄狮吼，甚是有趣。酒酣兴浓时，柳育武老弟愿意以唱助兴，一首六盘山民歌，就从他的胸腔里徜徉出来了：

走啰，走啰！走远啰——
褡裢的锅盔轻下了，
心里的惆怅种下了！
眼泪的花儿把心淹了，
哎嘿哎嘿呦，

哎嘿哎嘿哟！

听完鼓掌，觉得好听，我就请柳育武复述一遍，将词记下。不懂的地方，问了问，才知道，“褡裢”是装干粮的口袋，“锅盔”是吃的一种干粮。走着走着，干粮吃得差不多了，肩上的褡裢越来越轻了——这是当年走西口的男人生活的真实写照。民歌的美在于真实，它真实地记录了那个年代人们的情感，折射出来的，是那个年代的生活场景。据说，当年甘肃平凉女子“五朵梅”，将这支歌唱给王洛宾听，王洛宾非常喜欢，将它的曲谱记了下来。而且，王洛宾最终决定：自己不出国了，愿意留在国内，收集民歌。因为，在他看来，为中华民族的音乐事业收集民歌，比出国进修更有价值、更有意义。

写到这里，忽然来了灵感，也装着腔儿，哼一曲我徐而缓刚刚创作的新民歌罢：

人生的路儿千万条，
——属于你的只有一条；
世上的人儿千万个，
——适合我的只有你一个。
哎咳哎咳哟，哎咳哎咳哟！

山上的云彩一朵朵，
——哪一朵都会飘过；
心上的女子只有一个，
你却已经死了，哎咳哎咳哟，

——哎咳哎咳哟，

你却已经死了……

民歌是中国百花园里的一朵奇葩。王洛宾为了这朵“花儿”，愿意走西口、赴宁夏、闯青海、驻新疆，原因只有一个：他爱上花儿了，花儿，是他真正的梦中情人。

实际上，五朵梅当年演唱的这支歌，经过了王洛宾的修改，五朵梅的原词是：“哥哥的褡裢轻下了，妹妹的惆怅种下了！”

这种“哥哥”“妹妹”的词儿，从文理上出发，是改不得的。因为，稍做修改，就少了主角与配角的关系，就少了倾诉的对象，就出现了“硬伤”——花儿，首先就是情歌对唱的产物，缺少了倾诉的对象，花儿就成为无根之草、无源之水。因此，这种修改，是要不得的。所以，徐而缓认为，原词更好，这支六盘山民歌应该保持其原貌，即：

走啰，走啰——走远啰！

哥哥的褡裢轻下了，
妹妹的惆怅种下了！
眼泪的花儿把心淹了，
哎嘿哎嘿哟，
哎嘿哎嘿哟！

——六盘山民歌《眼泪的花儿把心淹了》

阳高二人台

乐游天下，行遍九州。伴随着这首熟悉的音乐，今天，我们将和陕北姑娘王二妮、“民歌小子”高保利一起，走进山西大同阳高县，感受“阳高二人台”的魅力。

从北京出发，向西330公里，就是山西大同阳高县。穿过长长的林荫道，进入龙泉镇，呈现在我们面前的，是一个“塞上江南”式的阳高。一方水土养一方人，一个地方有一个地方的特色，阳高最大的特色是二人台。

黄河水滋养了山西儿女，黍子面让山西人喜欢上了黄色。阳高是全国最具投资潜力的中、小城市百强县之一，是“中国二人台艺术之乡”“中国杏都”，著名的“养生长寿之乡”。

狭义的“二人台”，是指流行于晋、冀、陕、蒙四省区结合部的一门舞台艺术。它以男女对唱为主，表演为辅。在我国西北地区，有着很深的群众基础，深受老百姓的喜爱。二人台有“东”“西”之分。人们把绥远、呼市以西的二人台唱腔称为“西路二人台”，以东的称为“东路二人

台”。需要说明的是，“二人台”与“二人转”，一字之差，却有着很大的区别。两者根本不是一回事。有人戏称：二人转是“庸俗的玩意儿”，二人台是“高雅的玩意儿”。这句话虽然没有说到本质上去，但它起码告诉我们：二人台是一门高雅的艺术。

阳高城里有一块“勿忘国耻”碑。这是为了纪念1937年阳高“南瓮城惨案”而建的。1937年9月9日下午2点多，阳高县40岁以内的青壮年共计600多人，被日军押着、驱赶进了县城南部的瓮城。日军在瓮城东南角的戏台上架设了机关枪，等这些青壮年进入瓮城后，日军的机关枪就响了。加上之后被日军打死的阳高人，据不完全统计，阳高惨案大约有800名阳高百姓死亡。勿忘国耻，为了让后人永远记住这段历史，阳高县人民政府特地在惨案遗址建起了这块“勿忘国耻”碑。

太平盛世，勿忘国耻。现在，阳高县老体协秧歌队，经常在这儿跳舞、唱二人台。

阳高城内西门南侧，有一座始建于明代的寺庙，叫云林寺，又名云林禅寺、西寺。现存大雄宝殿、天王殿和配殿。最能吸引我们眼球的，当然要数云林寺的“泥塑”了——这里有25尊泥塑，其中主像3尊、罗汉像18尊，它们形象生动，姿态自然，给人带来艺术上的享受。让我们叹为观止的是，云林寺三面殿墙上的123组壁画，重彩平涂，立粉贴金，金碧辉煌，是不可多得的艺术珍品。云林寺对研究我国明代建筑、雕塑、绘画艺术具有很高的价值。除了云林寺，阳高最著名的景点，要数守口堡了。守口堡曾是兵家必争之地，游牧文明与农耕文明，曾在这一带发生过激烈的碰撞。

黄色的长城、蓝蓝的天，四月的杏花真好看。每年四月下旬，阳高的杏花总会如期盛开。许多看花的朋友们，都会在这个季节，到阳高来看杏花、听二人台——

你晓得天下黄河几十几道湾哎？
几十几道湾上，几十几只船哎？
几十几只船上，几十几根竿哎？
几十几个那艄公嗬呦来把船来搬？

我晓得天下黄河九十九道湾哎，
九十九道湾上，九十九只船哎，
九十九只船上，九十九根竿哎，
九十九个那艄公嗬呦来把船来搬。

王志卫是阳高县二人台剧团最好的男高音之一，他最擅长的是这曲《天下黄河九十九道弯》。“陕北歌王”王向荣老师将这个段子唱响以后，现在，国内很多人都很喜欢演唱这支歌。王志卫在演唱这个段子时，声音的位置，甚至高过王向荣老师。这一点，真让我们大吃了一惊。小小的阳高县，真可谓藏龙卧虎啊！

王向荣是王志卫的偶像。王志卫心中，还有一个偶像——著名歌唱家阿宝。阿宝也是山西省阳高县人。2004年CCTV西部民歌大赛，阿宝获得了铜奖；2005年CCTV《星光大道》，阿宝获得了第一周的“周冠军”及“月冠军”，和年度的“总冠军”。阿宝成了全国人民喜爱的大红人。自然，也成了家乡二人台演员王志卫心目中的偶像。

俗话说得好，“拳不离手，曲不离口”。为了寻找到适合于自己的科学发声方法，王志卫常常一个人来到桑干河边，或是来到守口堡，一遍又

一遍地练声、试唱。“冬练三九，夏练三伏”，功夫不负有心人，在2013年中央电视台和山西电视台联手打造的《中国好声腔》栏目中，王志卫获得了总冠军的好成绩。

阳高人是幸福的，是惬意的，这里有云林寺，有守口堡，有二人台，有年年盛开的杏花，有遍地行走的牛羊。宋代词人蒋捷，曾写过这样的句子：“流光容易把人抛。红了樱桃，绿了芭蕉。”这个季节，在大同，在阳高，我们看不到樱桃，看不到芭蕉，但这个季节的阳高，属于杏花，属于二人台，属于每一个老百姓。随着经济、文化的迅速发展，我们随便找根鞭子抽一下，这块土地上就会流淌出“山曲儿”；随便找个牧羊人试一试，他就能唱二人台。我们曾在阳高随便找了个羊倌，他给我们就唱了起来：“哥哥你走西口，小妹妹我实在难留，怀抱上梳头匣，给我哥哥梳梳头。”

用歌声赞美生活，用音乐点亮人生。阳高是阿宝的家乡，更是全国著名的长寿之乡、养生福地，中国二人台艺术之乡。

在我眼里，那些没有穿着羊皮大袄，没扎白羊肚手巾的王向荣、辛礼生、阿宝、武力平、王凤云、高宝利、石占明、李有狮、任爱英、许月英、尹占才、张美兰、苗俊英等，都是以“二人台”做老婆、当丈夫的傻男、傻女们。他们的大胆、泼辣、果敢，是与生俱来的。因为，歌唱是他们生命中的盐与水、电与火，甚至比空气和老婆还要重要！

21世纪的二人台，已经不再是穷人们表演的艺术了，它不但可以和被奉为“正统”的晋剧同台表演，甚至还可以登“大雅之堂”——到北京人民大会堂去献艺。2008年元月，阿宝就将二人台搬到了人民大会堂的舞台上。刘云山、王岐山等同志，都非常喜爱二人台。

与“东北二人转”相比，“阳高二人台”是绿色的，环保的，健康的。这是它长期被山西、河北、内蒙古等地区的人们喜爱的根本原因之一。

《桃花红，杏花白》是一首唯美纯情的中国经典民歌，从20世纪50年代以来，许多中国一线歌手都曾演唱过这支歌儿。其实，《桃花红杏花白》是典型的太行山“开花调”，它的首唱者是著名的民歌歌手刘改鱼。1955年，年仅16岁的山西大同歌手刘改鱼，代表山西前往北京参加“全国第二届群众民间音乐舞蹈汇演”，获得了“优秀节目奖”，那时候，这就是最高奖项了。

桃花红杏花白

（左权民歌）

桃花来你就红来，杏花来你就白
爬山越岭我寻你来呀，啊格呀呀呔

榆树树你就开花，圪节节你就多
你的心眼比俺多呀，啊格呀呀呔

锅儿来你就开花，下不上你就米
不想旁人光想你呀，啊格呀呀呔

金针针你就开花，六瓣瓣你就黄
盼望和哥哥（妹妹）结成双呀，啊格呀呀呔

桃花来你就红来，杏花来你就白
盼望和哥哥（妹妹）结成双呀，啊格呀呀呔
盼望和哥哥（妹妹）结成双呀，啊格呀呀呔

俗到极致是雅，雅到极致是俗。民间艺术的魅力在于它的民间性，它简单、单纯、善良、质朴，可以用一种“润物细无声”的方式，直指人心，沁人心脾。二人台就是这样一门雅俗共赏的艺术。

四月的阳高，天气多变，昨天还是艳阳高照，今天却是瑞雪满山。这样独特的天气，让我们很幸运地拍到了雪后的守口堡长城，和雪中含苞待放的杏花。

这里是中国著名的长寿之乡、养生福地。阳高是个好地方，蜿蜒曲折的长城，一望无垠的杏花，目之所及，到处都像画儿一样。天空，是蓝色的；大地，是黄色的；杏花，是红色的。一代又一代晋商，正是从这样美丽的地方出发，凭着他们的勤劳、勇敢和睿智，走向了全国，走向了世界。

说到晋商，就不能不说到“西口”这个地方，就不能不说到《走西口》这支歌。那么，真正意义上的“西口”究竟在哪呢？

山西阳高人认为，西口，就是他们的守口堡。

守口堡为明嘉靖二十五年（1546）设，隆庆六年（1572）砖包，城周“一里二百二十步，高三丈五尺”。只开城东一门，明时起有兵在此驻守，分守长城“十三里，边墩二十三座，火路墩四座”。明隆庆年间俺答汗部由此入犯，曾使大同全镇告急。今城堡已毁，长城由守口堡至镇宏堡，人为破坏较少，地势稍有起伏。

从明代到清代至民国年间，因为战乱，山西人、河北人，大多从这儿出关，到内蒙古去寻生活，或者从守口堡回来。他们在这儿进进出出，唱的跳的，总是二人台。

“二人台”是盛开在中国民间的一朵奇葩。很早以前，山西人过年过节或农闲时，总喜欢在屋内、院落、村头，或地摊上，相聚在一起，演唱一种“打坐腔”——他们既不装扮，也不表演，只是坐在那儿，唱一些民间小曲、小调，像《过大年》《刮大风》等，这些就是最早的“二人台”了。

到了清朝中期，这种“打坐腔”吸收了秧歌、高跷、旱船、道情的营养，加上了舞蹈动作，有了专门的“旦角”和“丑角”，开始了独特的“一进一退式”的表演。到了清代光绪年间，这门民间艺术又结合了蒙古族的演唱风格，加入了戏剧化妆技术，开始在晋西北、内蒙古西南部、陕西榆林，和河北张家口一带蔚然成风。于是，苦难催生了一种完整的、全新的艺术形式——“二人台”就这样诞生了。

二人台不仅是一门“苦难的艺术”，也是一门“快乐的艺术”。二人台里有一个经典唱段叫《挂红灯》，由男女青年对唱，唱起来十分喜庆——

哥：正月里来是新年　　妹：纸糊的纱灯挂在门前
哥：风刮纱灯陀噜噜转　　妹：越刮越转越好看
哥：曾吧伊巴曾吧曾　　妹：红花一花红
哥：红花一花红花红　　妹：绿呀绿圪茵茵
哥：那红灯　　妹：那绿灯
合：红灯绿灯真呀么真袭人

哥：二月里来刮春风　　妹：三妹妹站在门前就把三哥哥等
哥：我有心上前去提亲　　妹：只羞得三妹妹满脸脸红
哥：曾吧伊巴曾吧曾　　妹：红花一花红
哥：红花一花红花红　　妹：绿呀绿圪茵茵
合：送一只手镯表一表心

哥：三月里来桃杏花花开　　妹：情意相投口难开
哥：桃花杏花我不爱　　妹：绣一只荷包送给三哥哥戴
哥：曾吧伊巴曾吧曾　　妹：红花一花红
哥：红花一花红花红　　妹：绿呀绿圪茵茵
哥：那红灯　　妹：那绿灯
合：红灯绿灯真呀么真袭人

哥：八月里来月儿圆　　妹：西瓜月饼供老天
哥：西瓜沙来月饼甜　　妹：不如三哥在眼前
哥：曾吧伊巴曾吧曾　　妹：红花一花红
哥：红花一花红花红　　妹：绿呀绿圪茵茵
合：不如三哥在眼前

哥：十月里来进了冬　　妹：我和三哥配成婚
哥：终生相爱心连心　　妹：白头到老永不分
哥：曾吧伊巴曾吧曾　　妹：红花一花红
哥：红花一花红花红　　妹：绿呀绿圪茵茵
合：白头到老永不分

阳高二人台，既有山西特色，又有内蒙古情韵。比起山西的文雅婉转，它爽快利落；较之内蒙古的粗犷高亢，它娓娓动听。它已经像油糕、羊杂碎一样，成为阳高人不可或缺的精神食粮，成了阳高人血液中的一部分。

今天的阳高，已经跻身于全国最具投资潜力的中、小城市百强县之一，还是“中国二人台艺术之乡”“中国杏都”“养生福地”。2007年10月25日，山西省阳高县由中国民间艺术家协会正式挂牌、命名为“中国二人台艺术之乡”，这已经成为中国二人台艺术发展史上的一大盛事。

音乐驼着丽江飞

（1）嘀嗒嘀，嘀嗒嘀

我与“音乐之城”丽江的缘分，源自一位叫“宣科”的老人。

那一年，他74岁。可是，他告诉我：“我很年轻！在我们乐队里，年龄最小的60多岁，年龄最大的，曾经有100多岁的，90多岁的有七个人，80多岁的有十几个人，像我这样70多岁的，算是青年了。”

宣科老师说得没错，在中山音乐堂，我聆听了一场他们的音乐盛典，真正的音乐“饕餮大餐”！从他们的纳西古乐中，我们可以感受到南宋宫廷音乐的富丽堂皇，可以品味出元代中下阶层百姓的哀泣，透过他们的音乐，我们可以感受到一江春水泛着光，正向着东方缓缓地流淌……我们甚至可以听到纳西老人在铜铃、锣鼓声之外打着鼾声。宣科老师告诉我：要求一个上了年纪的纳西老人，将一场90分钟的音乐晚会完整地坚持下来，几乎是不可能的。因此，演奏过程中，有一两位老先生睡着了，那是很正常的事情。但难能可贵的是，那些睡着了的老先生们，在眯了一会儿后，醒来会跟着音乐、跟着节拍，继续演奏，而且不出一点差错。

有了宣科，有了宣科那样的一群艺人，丽江才有可能被盖上“世界文化遗产”的大印。

数年后的今天，走在古城丽江的四方街上，我想碰到一个百岁老人。阳光小小的，河流小小的，风儿小小的，四方街也是小小的，可是，我竟然没有碰上一位哪怕是80岁的老人。街上人来人往，他们穿着各种各样的衣服，操着各种各样的语言，戴着各种各样的假面，买着各种各样的饰件，听着各种各样的歌——歌声浸淫着丽江。小小的四方街上，飘着张晓静的“嘀嗒嘀嗒”，飘着小涓的“云梦依旧”，飘着蒙古族的“天籁”，飘着西藏度母化身的葛莎雀吉的“嗡嘛呢呗哞呢”，酒吧里飞出了音乐，茶餐厅里飞出了手鼓，石板桥上也飞着《彩云之南》的歌。

几年前，俗家子弟徐而缓曾将到丽江的人，归纳为以下几种：下岗的，离婚的，还没离婚，快要离婚的，破产的，将要破产的，洗钱的，洗心的，忽悠自己的，忽悠别人的，愤世嫉俗的，精神分裂的，怀才不遇的，怀揣万贯的。总之，藏污纳垢，卧虎藏龙，什么样的人都有。不过，那时年幼无知，怎么没有将音乐人写进去呢？其实，许多人到丽江，是冲着音乐来的，比如今天的我。

音乐驼着丽江飞——小小的丽江，暖暖的丽江，飞越千山万水，飞进你我的心中，在牧民家里落户，在工业厂矿老板家安身，在大学生的书桌上歇脚，在闺女们的怨房里哀叹，在达官贵人的豪车里轻吟——它们像一块块巨大的磁铁，将远在异国他乡的音乐耳朵，吸过崇山，吸过峻岭，乘着轮船，赶着飞机，或者心甘情愿做一个背包客，来到丽江，花费几千几万，只为亲自感受一下丽江的声音。

嘀嗒嘀嗒嘀嗒嘀嗒，时针它不停在转动；

嘀嗒嘀嗒嘀嗒嘀嗒，小雨它拍打着水花。
嘀嗒嘀嗒嘀嗒嘀嗒，是不是还会牵挂他？
嘀嗒嘀嗒嘀嗒嘀嗒，有几滴眼泪已落下。
嘀嗒嘀嗒嘀嗒嘀嗒，寂寞的夜和谁说话？
嘀嗒嘀嗒嘀嗒嘀嗒，伤心的泪儿谁来擦？
嘀嗒嘀嗒嘀嗒嘀嗒，整理好心情再出发。
嘀嗒嘀嗒嘀嗒嘀嗒，还会有人把你牵挂。
嘀嗒嘀嗒嘀嗒嘀嗒，寂寞的夜和谁说话？
嘀嗒嘀嗒嘀嗒嘀嗒，伤心的泪儿谁来擦？
嘀嗒嘀嗒嘀嗒嘀嗒，整理好心情再出发……

听着这样的歌，在丽江大街上行走，让人觉得，浮生若梦，梦里有一首歌，叫丽江；浮生若水，水里有一支歌，叫徐而缓。

我想，丽江之所以能赢得“世界文化遗产”的大印，不是因为上帝，而是因为一代代像宣科那样的音乐人、文化人，是他们这些“音乐骆驼”，驼着丽江，走向了全国、走向了世界。

（2）泸沽湖，白屋顶

中国建筑的特点，徐而缓用几句诗来概括，大概是“粉墙黛瓦石狮子，檐翘白壁木楼阁”“风雨桥上闲人少，四合院里子孙多”“黑瓦盖遍晋鄂皖，青砖砌完鲁豫赣”“福建土楼圆又圆，大理三塔小又尖。江浙小桥枕流水，蒙古帐篷罩青天”……

前不久，在泸沽湖畔，我看到许多木楼。泸沽湖由云南宁蒗县和四川省盐源县共辖。云南人管的是泸沽湖的南岸和西岸，虽然也有一些摩梭人村落，如宁蒗县永宁镇，但其人口不多；而四川省盐源县所辖泸沽湖境内的摩梭人，就有12个文化自然村，人数远远多于云南。云南现有摩梭人10000人左右，四川的摩梭人有30000人左右。而且，四川省盐源县泸沽湖一带的摩梭人文化，比云南保存得更典型、更原始、更完整，也更古朴、更有文化品味一些，堪称中国极品、世界精品。四川凉山一带的泸沽湖，在古代被称为“女儿国”。进入四川凉山后，车窗外面到处都是“白屋顶”——它们被码放在红土地上，用青山做底，用白石灰镶边，煞是好看。而缓戏歌之曰：

泸沽湖畔白屋顶，红土地上神仙山。
翻山越岭追日月，心在山间与水间。
铜香炉，银项圈；牵手舞，火塘边。

回家有条看门狗，出门有袋解闷烟。
阿西跳月葫芦丝，月琴笛子和口弦。
“阿莫里惹”唱《婚嫁》，刀耕火种好儿男。
爬山调，传得远；锅庄舞，跳得欢！
姑娘房里对调子，十月太阳传万年。
火把节上会情郎，火树银花不夜天。
踏歌泼水斗洞房，彝家幸福唱不完。
白屋顶，红土山，泸沽湖畔不羡仙。
有缘结得千年好，幸福人生年复年！

注：“阿莫里惹”译成汉语是“妈妈的女儿”的意思。

中国流行歌曲第一人

——黎锦晖与《毛毛雨》

近来，我一直在研究中国流行歌曲，偶然发现“黎锦晖”这个名字。长期以来，黎锦晖被中国文学史、中国诗歌史忽略了，这是一件非常不应该的事情。明珠投暗，不是明珠的悲哀，而是明珠的有幸。但人不是夜明珠，投入阴暗之中，是会被埋没的。黎锦晖就是这样一个被埋没了的好汉。应该说，黎锦晖是中国流行歌曲第一人。这种定义起码是公正的，就如同胡适被定义为中国新诗第一人一样。黎锦晖在中国诗歌史、中国文学史上的地位，应该被突显出来。

黎锦晖一生创作了大量的诗歌，其中，尤以作词见长。他创作的《毛毛雨》《桃花江》《夜深沉》《特别快车》《妹妹我爱你》等流行歌曲，曾经红极一时。黎锦晖的歌词创作，多在1927年第一次国内革命战争失败至20世纪30年代中期抗战全面爆发前夕的上海。因此，他的作品被称为“靡靡之音”“萎靡颓废”，甚至被称为“黄色歌曲”。但黎锦晖对中国诗歌的影响是巨大的，走出了中国流行歌曲的第一步。

毛毛雨

作词：黎锦晖

毛毛雨/下个不停
微微风/吹个不停
微风细雨柳青青/哎哟哟/柳青青
小亲亲不要你的金/小亲亲不要你的银
奴奴呀只要你的心/哎哟哟/你的心

毛毛雨/不要尽为难
微微风/不要尽麻烦
雨打风吹行路难/哎哟哟/行路难
年轻的郎，太阳刚出山/年轻的姐，荷花刚展瓣
莫等花残日落山/哎哟哟/日落山

毛毛雨/打湿了尘埃
微微风/吹冷了情怀
雨息风停你要来/哎哟哟/你要来
心难耐等等也不来/意难捱再等也不来
又不忍埋怨我的爱/哎哟哟/我的爱

毛毛雨/打得我泪满腮
微微风/吹得我不敢把头抬
狂风暴雨怎样安排/哎哟哟/怎样安排

莫不是有事走不开/莫不是生了病和灾

猛抬头/走进我的好人来/哎哟哟/好人来

黎锦晖的词曲特点是通俗生动、简练明快、轻松活泼、易于上口，而且，他的诗歌总是以言情见长，在儿女情长中风花雪月，在温婉挑逗中曲意绵长，他可以将西洋音乐、印度音乐和中国民歌相结合，深受大众喜爱。黎锦晖对中国流行歌曲的创作发展影响深远，从最初的周璇、黎莉莉、王人美、白虹，到后来的李谷一、邓丽君、徐小凤、凤飞飞、李玲玉、韩宝仪、杨钰莹、孟庭苇等，只要是唱“甜歌”的，不管是“歌后”、歌星、歌霸，我们今天依然可以从她们的歌曲当中，看到“黎锦晖”的影子。黎锦晖的生命力，可见非同一般，意义非凡。

中国流行音乐起步之初，并没有一条健康的道路可走，也没有一条正确的方法可以借鉴。当年的大上海，受外来文化影响，反映到歌曲创作上来，除内容平庸外，音乐上的粗制滥造，演唱上的卖弄风情、嗲声嗲气，就成为了那个时代的烙印。黎锦晖也不例外。但我们并不能因为这些，就否定了黎锦晖的音乐创作，认为他的作品格调不高，甚至相当庸俗，迎合了小市民的低级趣味，被人们所批评，如聂耳（他是黎锦晖的学生）就曾撰文斥责这些作品，认为它们产生了非常不好的影响。黎锦晖与刘海粟、张竞生，被誉为“民国三大文妖”。当时的刘海粟，因为“主张公开在教室里做人体写生”（画裸体女人），弄得名声很不好。但这并不妨碍刘海粟成为美术家、教育家。当年，因为著有《性史》一书，张竞生被人们诬为“卖春博士”——但今天，性学先驱、性文化研究员、性学教授的头衔，已经是褒义的了。而写“黄色歌曲”的黎锦晖，还应该不应该被称为“文妖”呢？我认为，不仅不应该，还应该重新定位、重新评价他为中国流行歌曲第一人，中国新诗圣手。

我认为，世间的通俗音乐、流行音乐，本身走的就是一条直接通向老百姓心灵的路子。古今的民歌歌词，从来就没有过多的遮蔽，老百姓总是在自然的状态下，直接唱出自己的心声，抒发自己的情感，像《颠轿歌》《求雨调》《走西口》《华阴老腔一声喊》《绣荷包》《五更调》《摘石榴》《茉莉花》《掀起你的盖头来》《敖包相会》《小河淌水》《九九艳阳天》《桃花红杏花白》《大红公鸡毛腿腿》《采红菱》《三十里铺》《槐花几时开》《树上的鸟儿成双对》等，它们要不就是直接抒发自己的情感，要不就是在编唱形式上非常自由，要不就是在形式手法上十分单纯，所以，它们能够直入人心，广为流传。流行歌曲也必须走直抒胸臆、咏叹言情的路子。流行歌曲如果不写那些内容、不走直入人心的风格，又能是什么样子呢？其实，面对普通百姓的精神需求，应该怎样进行流行音乐的创作，孔老夫子早在两千多年以前就有了定论，叫“乐而不淫”——就是通俗音乐要有取悦于民的成分，但不要过分讨好，不要过于直白，不要走到淫邪的路子上去了。黎锦晖的歌词创造，依循的就是“乐而不淫”的诗歌创作原则。这与中国第一部诗歌总集《诗经》所倡导的写作传统是一脉相承的。

一个人，要想搞出点名堂，弄出点成绩，就必须站在所处的那个年代的制高点上去，只有站在更高的地方，他们才能干得更出色，更成功。也许，他们的所作所为，在当时被认为是“惊世骇俗”，一时间甚至会弄得自己“声名狼藉”，会被俗人的口水所淹没，但是，随着社会的发展、文明的衍变，他们最终会被认为是先知先觉者，是开一代新风的人。

欸乃一声山水绿

（1）母爱如水

我8岁那年，爸爸、妈妈带着我们五个小萝卜头，从宿松搬回潜山。为什么要搬家呢？因为，爸爸是潜山人。

母爱如水。妈妈出生在宿松县，我也出生在宿松县。宿松的水好，是名副其实的“千湖之县”。宿松是八百里皖江的第一站。长江进入安徽后，在宿松甩下大大小小一千多个湖泊，然后，沿着江苏，去了上海。所以，宿松是古往今来有名的鱼米之乡。每年桃花盛开的时候，宿松的鳜鱼就肥了。惹得唐朝的张志和和尚，也动了凡心，将自己的名字改为“烟波钓叟”，还写了些如诗如画的句子，来诱惑我们：

西塞山前白鹭飞，桃花流水鳜鱼肥。
青箬笠，绿蓑衣， 斜风细雨不须归。

靠山吃山，靠水吃水。小时候，我总爱跟着妈妈去洗衣、洗菜、洗米。因为，只有那时，妈妈才允许我跟在后面，拿起钓竿，去钓鱼。那时候，鱼很多，妈妈洗完一脸盆衣服，我也就钓到了一脸盆的鲹鲦。直到现在，我最喜欢喝的，还是长江水；我最喜欢吃的，还是淡水鱼；而我最喜欢的活动，还是钓鱼。

爷爷去世得早，从出生到现在，我连他老人家的照片也没见过一张。奶奶是旧中国的传统女子：一双小脚，是典型的三寸金莲；一年四季，后脑勺上扎着一个黑线编织的网，网里是典型的“鬏巴”。那时汽车很罕见。在我奶奶看来，80公里的路，就要算天边了。奶奶不识字，却识得叶落归根，就让我三爷（安庆一带，将“叔”喊做“爷”）给我爸写信。三爷小时患过小儿麻痹症，落下了腿跛的毛病。但三爷很有才，写得一笔好字，信也写得动人。三爷给我爸写的信，归结起来，不外乎两个字：回家。

为了举家搬回潜山，当年，爸妈闹了不少矛盾。妈是宿松城里人，爸是潜山乡下人。为了跟着我爸，我妈放弃了安庆化肥厂的工作，回宿松待业；再后来，又被下放到农村。这些倒也罢了，现在要让她离开她妈妈，还要带着我们五个孩子回到潜山，妈妈实在不愿意。我外婆也是一个小脚老太太。外婆对我们五个小萝卜头非常好，总将自己的口粮省下来，给我们吃。不过，妈妈终究还是拗不过爸爸，还是带着我们搬回了潜山。从此以后，妈妈就再也没有回归她的城市身份，从一个城里姑娘，变成了乡下人。

小时候，总觉得父亲很凶。妈妈不让爸爸打我们，总像一只老母鸡护小鸡那样护着我们。有一回，龙卷风来了。隔着窗子，只见天上一条黑龙，将泊湖里的水吸成了一条柱子，那根上下一般粗、碗口一般大的水柱子，歪歪斜斜地被悬在了半空，还被镀上了一层银光——它外围的云亮

了，里边的云，依然很黑。妈说，这是龙在喝水了。她将我们圈在家里，不许出去，自己去拿了板凳，顶在门上。不一会工夫，风就来了，呼呼的，将我家周围的那几棵泡桐树，刮得呜呜响……天很快就暗了下来，窗子也关不住风了，砸在地上。几只麻雀也被风刮了进来，摔在地上，湿漉漉的。其中一只，畏畏缩缩着，退向墙角。它的两只小脚，也被冻得通红。弟弟挣扎着，要去逮麻雀。妈妈的眼睛绿了，她居然忘记了自己的怕，拽了一把弟弟，将他按在自己的身下，又张罗着，像一只母鸡，将我们罩在自己的衣服下。风越来越大，不一会工夫，屋子里就全黑了。雨点砸在窗沿上，溅到我的脚上。一道道电光之后，雷公公又推着一个个巨大的铁筒，从我们头顶上滚了过去。大哥拽着大姐的衣角，二姐咿咿地哭了，我又惊又冷，从妈妈的衣服下伸出脑袋，竖起耳朵，听外面的风声、雨声、雷电声，看电光撕扯开黑暗……也不知过了多久，外面的风声小了，雷电也停了，天空也恢复了一些亮光，妈妈才放开我们，瘫坐在地上。

弟弟又去追他的麻雀，那些麻雀被吓傻了，果真被他逮住了两只。他一手一只，冲着我喊，冲着我乐。

妈揉了揉眼睛，站起来，将抵在大门背后的板凳挪开。我跟着妈妈走出去，才发现屋外泡桐花落了一地。一些麻雀折了翅膀，在树枝下面蹦着，跳着，小眼睛里，闪着一种畏惧的光。妈妈牵着我，站在树枝间——我家屋外四棵合抱粗的泡桐树，朝几个不同的方向倒在地上。除了一棵泡桐的树枝，压掉了我家屋檐上的两根椽子，弄碎了几块瓦外，龙卷风过后，我家的瓦屋竟然安然无恙！

看着眼前的这一切，妈妈哭了，然后，又笑了。她松开我的手，双手合在胸前："天哪——你知道我男人不在家？你知道我一个人带着孩子们躲在家里？你真是长了眼睛呀！谢谢你，菩萨！谢谢你，龙王爷……”

其实，妈妈说的“天”，应该包括“风婆婆”。

（2）父爱如山

妈妈爱我们，父亲也爱我们。

父亲的家在潜山。潜山又名天柱山、皖山。汉武帝封它为“南岳”。白居易喜欢天柱山，他说：“天柱一峰擎日月，洞门千仞锁云雷。”我也喜欢天柱山，我说：“生时，我是八百里皖江里的鱼；死时，我是三百平方公里皖山的鬼。”

出生伊始，皖江滋润了我；青少年时代，皖山养育了我。

爸爸家的房前，种满了竹子。爸爸擅长钓鱼，也喜欢钓鱼。熟悉爸爸的人都说，爸爸是“钓鱼的精怪”。小时候，我随妈妈去洗衣，我用的钓鱼竿，就是爸爸替我做的。他将竹丫一根根削掉，弄平，又弄来些松毛草，点燃了，将竹节一节节烘烤出油，替我弯好鱼钩穿上线，手把手教我怎样钓鱼。爸爸做的钓鱼竿，漂亮，而且实用。今天的我，也会给我的儿子做钓鱼竿。

爸爸的爱，与妈妈的爱，是不同的。

妈妈的爱，是慈。爸爸的爱，是仁。

从小我就喜欢狗。有一年，爸爸给我弄来一条小黄狗。

小黄狗一天天长大了，成了大黄狗。我去上学，它送我到徐庄小河。我放学回家，它扑过来，拿舌头舔我。

后来，有人要来买它。爸爸问我：“卖不卖？”

我说，不卖。爸爸就任我养着大黄，后来，大黄怀孕了，一次生了五条小白狗——全是公狗。

爸爸问我："这么多的小狗，送不送人？"

我说，不送。

爸爸就任我养着六条狗，吓得村里人不敢从我家门前过。呵呵，爸爸啊爸爸，你的这种不教而教的教育方法，真是成全了我。

母亲的爱，是零碎的。爸爸的爱，是粗线条的。

爸爸一般不给我买衣裳。那一年，我考体校，爸爸专门从单位赶回来，带着我去买运动服。我从来没有穿过买的衣服，见爸爸花那么多钱给我买衣裳，我便不想买了。因为，我怕考不上，会浪费。爸爸不理我，只管付钱。

虽然后来我考上了体校，没有去上，但爸爸给我买的那身运动服，我穿了七八年，穿烂了，才算完。

参加工作那年，爸爸知道我喜欢自行车。那时，买自行车是要凭票的。小姨父从单位分到一张自行车券。从来不开口求人的我爸，这回破了例，开口找小姨父要来那张自行车购买券，买回一辆"凤凰牌"自行车。他自己的那辆永久牌自行车，骑了已经三十年，旧得不成样子了，他也不换换，却将这辆新的"凤凰牌"自行车给了我。我骑着这辆凤凰牌，与爸爸一起去上班。风里来，雨里往，从三妙到梅城，我们骑了不知多少个来回……

而今想来，那样的日子，我是幸福的。爸爸也是幸福的。因为，他的大儿子，在同济大学读书；他的二儿子，顶职进了工厂，开始自学成才。每次出发前，妈妈总给我们煮五个鸡蛋——她说，吃两个鸡蛋不吉利，所以，吃鸡蛋时，我吃两个半，爸爸也吃两个半。

（3）荷叶田田

泊湖是宿松的第三大湖。

每年五六月间，泊湖边上开满了荷花。那时，风能吹多远，荷花的香味就能飘多远。那时，为了钓鱼，我总爱跟着爸爸去坐船。每次坐船，我们总能听到软软的黄梅腔：

“咿子咿子哟喂，呀子咿子哟喂，咿子咿子哟喂，呀子咿子哟……”

宿松县的隔壁，是湖北黄梅。黄梅戏就源于这个黄梅县。黄梅戏虽然发源于湖北黄梅，但其发扬、光大，是在安徽安庆，安庆是黄梅戏的发祥地。

黄梅戏从黄梅出发，来到安徽，进入安庆，宿松是它的第一站。所以，宿松人，几乎人人都会唱黄梅戏，个个都会哼黄梅调。

摘朵莲蓬，捧束荷花，跳进泊湖里洗个澡，钻到湖心去逮条鱼，试问：人生少年时的多少欢乐，能胜过这般境界呢？难怪贺铸贺鬼头说：“试问闲情都几许？一川烟草，满城风絮，梅子黄时雨。”

宿松是黄梅戏的故乡，更是江南的鱼米之乡。汉乐府《莲叶何田田》里，有这样的句子：

江南可采莲，莲叶何田田！
鱼戏莲叶间。
鱼戏莲叶东，鱼戏莲叶西，
鱼戏莲叶南，鱼戏莲叶北。

要知道，这样的句子，不仅仅是诗，更是男女可以对唱、二重唱、三重唱、多声部合唱的歌！受它影响，北宋文坛领袖欧阳修，专门写了一首

《渔家傲》：

荷叶田田青照水，孤舟挽在花阴底。
昨夜萧萧疏雨坠，愁不寐，朝来又觉西风起。
雨摆风摇金蕊碎，合欢枝上香房翠。
莲子与人长厮类，无好意，年年苦在中心里。

欧阳修是一个为平民百姓歌唱的人。他能抓住“莲”的内核，一句莲子“苦在中心里”，将那个年代社会最底层老百姓的苦难反映了出来。

我愿意成为一个毕生为老百姓歌唱的人。

（4）欸乃一声山水绿

泊湖里，多的是渔船。

泊湖里的渔船，是清一色的木板船，船的后面，架着一把舵、两根桨。两根桨，划起来，才有协调性，才能“欸乃、欸乃，欸乃”地叫着，响着，将一方水面，划成两个天。

这一半水面，叫“黄梅戏”。另一半水面，叫徽剧。

《欸乃》是一支古琴曲，《西麓堂琴统》里就收藏了它。不过，更多时候，我们更喜欢把它称为《渔歌》。据说，它是唐代诗人柳宗元的作品。

渔翁

（唐）柳宗元

渔翁夜傍西岩宿，晓汲清湘燃楚竹。
烟消日出不见人，欸乃一声山水绿。

回看天际下中流，岩上无心云相逐。

唐代，将“欸乃”入诗的，不仅只有一个柳宗元，还有一个元结。元结曾写过一支《欸乃曲》，其中两句是：“谁能听欸乃，欸乃感人情。”

通常，我们认为，“欸乃”是指行船的橹声、划船声。不过，也有人认为，“欸乃”应该发音为“ao ai”。原始意义上的“欸乃”，应该是表现船夫拉纤的劳动号子。还有人认为，“欸乃”是一个象声词。元代词人郑光祖，在《倩女离魂》中写道：“听长笛一声何处发，歌欸乃，橹咿哑。”这里的“欸乃”就是象声词。而在陆游的“人语朱离逢峒獠，櫂歌欸乃下吴舟”里，“欸乃”是棹歌，是划船时歌唱的声音。

历史上，老子、庄子，都是我们安徽人。老子是安徽涡阳人，庄子是安徽蒙城人。安徽人爱唱歌，庄子也爱唱歌。

庄子的妻子去世了，他的朋友去看望他，却发现他一边用手拍打着瓦盆，一边在唱。朋友问他：“你老婆才死，你不哭也就罢了，怎么还唱得起来呢？”

庄子回答：“我老婆死了，不是一件悲伤的事情啊。有生就有死——死是我们人类回避不了的事情。既然是自然运行的规律，那么，我为什么要哭呢？”

是啊，人死了，我们为什么要哭呢？为什么不能是唱呢？哭，是对死者一生的否定；唱，是对死者一生的肯定。所以，庄子用歌声来送妻子一程，是很美的一种方式，值得推广。

当年，庄子唱的是什么词、什么音、什么调，今天，我们已经无法去考证了。但“击缶而歌”的典故，却一代代流传了下来。

我私想，也许庄子击缶的节奏，也是这“欸乃、欸乃、欸乃”罢！

闻着荷花的香味，看着一眼帘的湖水，听着一耳朵的“欸乃”声，我在泊湖上长到了8岁。

（5）孔雀东南飞

“在天愿为比翼鸟，在地愿为连理枝。”这是白居易写皇帝爱情的句子。其实，老百姓的爱情，何尝不是如此？“孔雀东南飞”就是这样一个故事。

安徽潜山是“孔雀东南飞”的故事发生地。

东汉建安年间（196—219），庐江太守小官吏焦仲卿的妻子刘兰芝，被焦母赶回娘家后，发誓再不嫁人。娘家人逼她改嫁，她便投水死了。焦仲卿听说刘兰芝投水而死，便在自家庭院的树上吊死了。

《孔雀东南飞》是我国文学史上第一部长篇叙事诗，沈归愚称之为“古今第一首长诗”，也是我国古代史上最长的一部叙事诗。与南北朝的《木兰辞》并称“乐府双璧”“叙事诗双璧”。后人还把《孔雀东南飞》《木兰诗》与唐代韦庄的《秦妇吟》，合称为“乐府三绝”。

《孔雀东南飞》是一首凄美的爱情长诗。其之所以能划过近2000年历史的时间、空间，来到今天，一靠它的诗词美，二靠它的人格美。

潜山人爱唱歌。自古以来，潜山人的身上，总有一股真劲儿，一股纯劲儿，为了爱情，他们可以不计死生。少女时期的刘兰芝，“十三能织素，十四学裁衣，十五弹箜篌，十六诵诗书”，可以说是一个聪明能干、能说会唱，琴棋书画样样精通的小女孩。嫁给焦仲卿后，因为没有生育，焦母便要驱逐她回家。焦仲卿当然不答应，断然告诉老母：“儿已薄禄相，幸复得此妇，结发同枕席，黄泉共为友。”

看看，我们潜山男人是多么刚烈，多么重视爱情！

但是，在那个“不孝有三，无后为大”的年代，焦仲卿也无法保护爱妻，他只能与刘兰芝盟誓：“誓不相隔卿……誓天不相负！”

刘兰芝也明确告诉焦仲卿：“君当作磐石，妾当作蒲苇，蒲苇纫如丝，磐石无转移！”俩人是“举手长劳劳，二情同依依”，恋恋不舍地分开了。

但事情没有像焦仲卿想象的那样发展，还没有等焦仲卿被府君“见录”（录用）呢，刘家便要将刘兰芝改嫁他人。刘兰芝盼不来焦仲卿，只好用一个很极端的方式拒婚，她知道自己这一去，是要为焦仲卿守节赴死，女人是爱美的，天还没亮，刘兰芝就起床，精心地梳妆打扮一通：“著我绣夹裙，事事四五通。足下蹑丝履，头上玳瑁光。腰若流纨素，耳著明月珰。指如削葱根，口如含朱丹。纤纤作细步，精妙世无双。”

唉，可惜刘家兄长，哪里知道自己的妹妹是如此刚烈，她这样梳妆打扮，竟然是要为了她与焦仲卿忠贞不二的爱情去赴死呢？焦仲卿怎么会知道，刘兰芝会“揽裙脱丝履，举身赴清池”呢？

那个年代，潜山女人把握不了自己的人生走向，刘兰芝只能以死相抗，来维护自己的爱情。她知道，自己虽然死了，但是，潜山女人从一而终的爱情观不会死，中国女人忠贞不二的价值观将长存。

“我命绝今日，魂去尸长留！”

果然，《孔雀东南飞》，在中国爱情舞台上，咿咿呀呀唱了两千年，长盛不衰，生命之树常绿。

潜山男人是可以“同荣辱、共死生”的。焦仲卿是潜山男人。听说爱妻投水而死，他是低着头，看着流水，默不做声。潜山男人的默不做声，是胸有成竹的豁达，是主意已定的淡定。在一个月亮很白的晚上，焦仲卿“徘徊庭树下，自挂东南枝”——他也用他的死，向一个女人证明了一诺千金。自古以来，潜山男人是不会睁着眼睛说瞎话的。面对女人，面对爱情，尤其如此。作为《孔雀东南飞》的故事发生地，直到今天，刘兰芝、焦仲卿还活着，他们活在“孔雀坟”里，也活在潜山人的血液中。

知错能改，善莫大焉。焦老太知道自己错了，刘家兄弟也知道自己错了，他们通过别人的死，知道了自己的错，这种迟来的“花儿”，如果不开，我们也没有什么办法，可一旦开了，那绝对是一朵凄美无比的花。“孔雀坟”就是这样一朵开在中国民间的花：“两家求合葬，合葬华山傍。东西植松柏，左右种梧桐。枝枝相覆盖，叶叶相交通。中有双飞鸟，自名为鸳鸯。”

写到这儿，抬起头来，看看北京满街的灯火，我在想：人类的爱情，是需要象征高速度、高代价的飞机呢，还是更需要象征原始、原动力的木板船呢？哪一种速度，更接近真正的快乐？哪一种速度，是近视的游戏？

想到这儿，我又仿佛置身于汪洋一片、水天相接的泊湖，鸳鸯在我们面前游戏着，耳畔是家乡渔父一声一声摇桨“欸乃”的声音。

为了守住自己的爱情，为了保证那一份爱情的纯洁，当年的中国女人刘兰芝，可以不惜一死，只求精神长在人间。

今天，我们中国人的爱情，还是不是像泊湖上的那条船一样，欸乃着，前进着，船速虽然较慢，却依然那么强劲、那么有力地行驶在21世纪爱的港湾呢？

（6）男人的京剧

安徽人喜欢唱。“说凤阳，道凤阳，凤阳本是个好地方，自从出了朱皇帝，十年倒有九年荒。”历史上，凤阳人喜欢唱，潜山人也喜欢唱，潜山的男人尤其喜欢唱。

因为穷，以前的潜山人总爱起个调、哼个曲、唱个戏什么的，一来算个手艺，便于乞讨；二来，也能消解沿途的寂寞。此风一刮，就是两百年。直到今天，在潜山这块大地上，我们随便捡块石头，也会歌唱。

说起中国文化，少不了京剧。京剧是我们的国剧。

从建国到现在，历届政治局常委里，基本上没有女性。近两千年的封建王朝历史上，也只有“武则天”一个女皇。京剧，也是这样。京剧，是男人主导的艺术。虽然，京剧界出了不少女演员，但总体上来说，还是男人占据了主导地位。京剧界的这种现象，与“男女平等、不平等”没有关系，而与中国传统文化有关。

为什么说京剧是“男人的京剧”，而不是“女人的京剧”呢？这得从京剧的诞生说起。

1811年11月22日的晚上，一个男婴降生在安徽潜山王河镇的程家。因为出生时东方的启明星很亮，所以，家里人就给他取名“程长庚”。算命先生说：这孩子，八字极好，日后会当“皇帝”。喜添男丁，又得了这么好的口彩，程老爷子非常高兴，勒紧裤带，大宴了三天宾朋。不过，算命先生的话只说了一半，另一半隐语是：这孩子出生在晚上，时辰不对，北斗七星的勺把子朝下，要当皇帝，也只能在晚上当皇帝。晚上当什么皇帝？当他自己老婆的皇帝呗，每一个男人都是自己老婆的皇帝——这有什么稀奇的？

不过，程老爷子的客，并没有白请。若干年后，这个男孩子果真当了“皇帝”。不过，不在政坛，而是在舞台上。舞台上的皇帝，是假皇帝。假皇帝也是皇帝呀，所以，那个算命先生的话，说得还是很准的。不管是真龙袍、假龙袍，有多少人能穿上龙袍走一遭？历史上，多少人为了穿龙袍而丢了性命。而程长庚在大清朝的皇宫里，裝上龙袍，走来走去，没人要他的脑袋，却给了他无数掌声。吃百家茶饭，能吃到这种境界，也是程长庚的造化。

小时候，因为穷，为了有口饭吃，程长庚只能跟着米喜子去唱戏。他嗓子好，一来二去的，就赢得了四方八邻的欢心。乡亲们喜欢听，程长庚也喜欢唱。唱得多了，名气也就大了，就到南京去唱，到上海去唱。南京人喜欢听他的戏，上海人也喜欢看他的戏。听过他唱戏的人，都把他尊称为“叫天”。

后来，中国舞台上出了个“盖叫天”。其实，“盖叫天”只是个商业运作的名字，试问，有哪个“叫天”，能比得过京剧鼻祖、一代伶圣程长庚“程叫天”呢?

京剧的诞生，与一个男人有关，他就是程长庚。

京剧的兴盛，与一个女人有关，她就是慈禧太后。

“老佛爷”慈禧太后听说徽班有个“程长庚”，知道他的戏路子宽，嗓子也好，能唱得一曲非常好听的《战长沙》。于是，慈禧太后就请程长庚带着他的徽班，进京演出。程大老板带领的这支徽班人马，就是中国历史上“京剧”的第一班人马。

道光年间，程长庚来到北京拜师学艺，进入当时已占据北京戏曲舞台主导地位的四大徽班之一的“三庆班”。

当时，北京戏园盛于大栅栏，“京师三大班，为三庆、春台、四喜，皆注籍于内务府，轮流在大栅栏演戏，此外各班悉以小班目之，只在肉市、鲜鱼口及崇文门外演唱”。并因饰演《文昭关》中的伍员，而一鸣惊人，被人誉为“叫天”。同时，程长庚也常在安徽会馆，即今天北京市宣武区后孙公园路北3号、25号、27号的戏楼唱戏。清道光二十五年，即公元1845年，程长庚成为三庆班头牌老生和班主。从此以后，中国文化艺术的天空上，出现了“京剧”。

程长庚的声音非常独特，属于典型的“脑后音”——用现在专业的话来说，叫“脑腔共鸣”。他的声音大小高低都可以随意转变，变化无穷，并且“纯用徽音，花腔尚少，登台一奏，响彻云霄”。在行腔转调上，程长庚既保留了徽剧二黄的原有特色，又吸取了昆曲、京高腔、湖广调、秦腔的优点，形成了“京二黄”，吐字清晰，抑扬顿挫，极富特色，也成为京剧形成的基础。

老子说：“我恒有三宝：一曰慈，二曰俭，三曰不敢为天下先。”但在唱戏方面，安徽人抢了一个天下先。安徽潜山人程长庚“程大老板”，一不小心就成了“京剧鼻祖”“伶圣”。

程长庚为人正直，光明磊落，倾其一生，为中国京剧艺术的创造和发展而努力。其杰出的艺术才华，和崇高的艺术品德，为世人所共识，堪称大清年间的“德艺双馨”者。从清朝咸丰年间起，程长庚执掌京城“四大徽班”中的三庆班，并兼任四喜班、春台班的总管，还被推选为京城戏曲行会“精忠庙”的会首。咸丰皇帝还封赏给他五品顶戴，慈禧、慈安太后也都分别给过他赏赐。

程长庚治理三庆班，宽严相济，纪律严明；待人宽厚，公正无私；勇于革除戏班旧席，备受同行的崇敬爱戴，被尊称为“大老板”。

当时，演戏被人们视为“贱业”，但程长庚从不以此为贱，为维护戏曲演员的人格，他力主废除了戏曲界流传已久的“站台”陋习，即在演出前由青年旦角站在台前应酬看客的习俗，赢得了社会各界的广泛尊重。

“关公戏”在中国舞台上，占有十分重要的地位。

米喜子是中国戏剧“饰演关公第一人”。程长庚是中国京剧“关公戏”饰演关公的第一人。

米喜子是著名的徽班演员。据说当年米喜子饰演的关羽，声音奇高，长髯飘飘，脸像甚红。在师承米喜子的基础上，程长庚对“关公戏”有所发展，并在徽剧“关公”脸谱化的基础上，将关羽定位为“丹凤眼、卧蚕眉、面如重枣、长髯飘拂、威武十足”的戏剧英雄形象。

当年，米喜子、程长庚将戏曲舞台上的关羽，定位为“红脸”。这种定位不是随而便之、率意而为的，而是有根据的。《三国演义》描写关羽，用的就是“面如重枣”四个字。所以，不论是在当年程长庚表演的《战樊城》《风云会》《战太平》《战长沙》《临江会》《华容道》《捉放曹》里，还是现代京剧《古城会》《战长沙》《汉津口》《单刀会》《华容道》中，关羽的脸谱都是“红脸”。“红脸”表示人物的忠勇、耿直、有血性。中国面相术里有“红脸忠勇”说法，就是根据“关羽脸谱”而来。京剧里的关羽都是“勾丹凤眼，双眼俊秀，有儒将风度”。

在中国戏剧发展过程中，曾经出现过“三国戏热”，许多著名的剧种都有相当数量的“三国戏”和“关公戏”。以京剧为例，148出“三国戏”中，写关公的戏就有20出。再以关羽的家乡山西运城的蒲州梆子为例，“三国戏”有记载的88出，其中“关公戏”就有18出。关公戏，不仅中国人喜欢，日本人、韩国人也都喜欢。韩国全州艺人以中国古典小说《三国演义》“赤壁之战”为内容的“板索里”剧目，就是典型的“关公戏”。发源于韩国全州的“板索里”，是韩国传统的说唱艺术，它将音乐、文学、表演融为一体，通过歌唱、说白、表情、动作，和作为道具的一把扇子，来描绘复杂的剧情。据记载，历史上韩国曾经有12部“板索里”剧目，流传至今的仅存5部。可见，关公戏占了韩国“板索里”的很大比例。

关羽是中国山西运城人，慈禧太后也是山西人。所以，慈禧太后认为，关羽是自己的“老乡”。慈禧太后的老乡情结很重。所以，我认为，慈禧看关公戏，是在借关公，熨烫自己的思乡之心。关公是中国人敬爱的人物，慈禧太后敬爱关公，与关公“忠孝信诚节义勇”的人品有关，也与程长庚的了得唱功、高超演艺有关。程长庚饰演的关公，给人带来精神上的审美享受，耐人寻味。所以，程长庚等饰演的“关公戏”，慈禧太后是百看不厌，百听不厌。

程长庚的嗓音条件非常好，凭着高、宽、亮的特色，获得了“老生三鼎甲”“老生泰斗”的美誉。他的演唱总能在高亢之中，别具沉雄之气，神定气足，声情交融，极其感人。其唱白汲取了昆曲的咬字发音技巧，所以“字眼清楚，极具抑扬吞吐之妙”。程长庚的戏路非常宽，擅演的剧目也很多，包括《战樊城》《风云会》《战太平》《战长沙》《临江会》《华容道》《捉放曹》《鱼肠剑》《举鼎观画》《让成都》《镇潭州》《击鼓骂曹》《法门寺》《长亭会》《文昭关》《状元谱》《庆唐虞》《钗钏大审》《八大锤》《安居平五路》《天水关》等。除老生戏外，花脸、小生诸行角色，他亦能串演。

在程长庚饰演的大戏中，《战樊城》《风云会》《战太平》《战长沙》《临江会》《华容道》《捉放曹》等都属于“关公戏”。

程长庚一生，喜好关公。其最后结局，也与“关公戏”有关。

光绪五年冬腊月十三，即公元1880年1月24日，程长庚早晨起来，神清气爽，精神格外好。自坐科学戏算起，他在舞台上辛苦了近60年之久，今天终于可以告别舞台，安享晚年了，他的心上弥漫着一股温情。

长庚今儿的谢台戏，唱的是《华容道》里的关云长。他坐到妆台前化妆，手抚到面皮上有些发烫，摸摸头，似乎又不像发烧，他晓得这是兴奋过度所致。终于该着长庚登场了，他捋了一下美髯，转过身来，冲众人抱手一揖，双眼微微眨了一下，似乎有千言万语要说，然而，他什么也没说，转过身去，接过青龙偃月刀，大踏步地走上台去，走到台中，一个转身，一个亮相，台上台下不由自主地发出一阵冲天的叫好声，人们早已忘记程长庚唱戏不准喝彩的规矩。卢台子和徐小香紧张地盯着大老板，一声叫好后，大老板似乎轻轻地摇了一下头，微微地皱了一下眉，待到器乐响起来，只见大老板将青龙偃月刀的刀把往地下一杵，向前一步，这一步好像有些摇晃，卢台子与徐小香心下一紧，待要喝叫拉幕，只见大老板又稳住了，笛子给了一个音，长庚张开口来放声就唱——却见一股血箭从他的口中喷出，长庚圆睁双眼，左手抚胸，右手杵着青龙偃月刀就要倒下。卢台子与徐小香抢上台来，一把抱住，然后将他轻轻地放倒。全体看客先是吃惊，待醒悟过来，个个都要往前拥，叫赵德禄劝住，看客们站在自己的位子上，眼巴巴地盯着台上。

长庚倒在红氍毹上，睁着一双无神的大眼，口里已是不能说话。章圃扔掉鼓键抢上前来，拉着父亲的手，不知说什么好，只有哀哀痛哭。望着大老板渐渐失散的目光，卢台子和徐小香终于控制不住自己，放声大哭起来。为了皮黄，为了中国的京剧事业，程长庚奋斗到了人生的最后一口气，血洒红氍毹!

生，为京剧而生，死，为京剧而死。程长庚倒在他毕生热爱的舞台上。

程长庚是一个十足的奇男子、大丈夫。

因为生活在清朝没落时期，程长庚亲身经历了外国列强对中国发动的鸦片战争，目睹了朝中官员的腐败无能。这一时期，他拒绝演戏，生活十分窘迫，友人劝他“出山权宜，以解燃眉”，他泫然涕泪：“国家奇耻，民遭大辱，吾宁清贫亦不浊富，何忍作乐歌场！”

有一次，都察院团拜，逼迫程长庚进宫演戏，他借演出《击鼓骂曹》，用手指着堂下官员怒骂：“方今外患未平，内忧隐伏，你们一班奸党，尚在此饮酒作乐，好不愧也！”他是借题发挥，或骂或唱，骂中有唱，唱中有骂，直骂得台下众官员是狼狈不堪。

好了，说了半天的程长庚，他究竟是怎样一个人呢？马有鞍，树有皮，名人传世靠《传记》。

程长庚（1811—1880）：字玉山（也作“玉珊”），名椿，谱名闻檄、文檄，系安徽省潜山县王河镇程家井人。自幼坐科徽班，向米喜子（徽剧演员）学艺，出科后随父（舅父？）入京，并在昆曲“和盛成”科班学戏。后搭“三庆班”。以演《文昭关》《战长沙》显露头角。他“生旦净丑”皆能，尤工老生，与余三胜、张二奎同被称为“老生三鼎甲”，又有“老生泰斗”之誉。从道光、咸丰至同治年间，长期主持“三庆班”，并任主要演员。咸丰皇帝赐五品顶戴，使任“精忠庙会首”（即清代北京戏曲艺人的行会性组织的首领）。程长庚文武兼精，在熔昆弋音于皮簧，变徽调为京腔过程中，为京剧艺术的形成做出了重要贡献，是京剧的主要奠基人，有“徽班领袖、京剧鼻祖”之称。程长庚为京剧创始培养了大量骨干演员，人称“老生新三杰”的谭鑫培、孙菊仙、汪桂芬，都是他的弟子。他还创办“四箴堂”科班，造就了陈德霖（青衣）、钱金福（花脸）、张淇淋等著名演员。

程长庚殁于清光绪五年农历十二月十三日（即公元1880年1月24日）亥时，葬于北京彰仪门（今广安门）外石道路旁北侧。

清朝末年，照相技术已经进入北京。作为中国京剧的开山祖师，鼎鼎大名的程长庚程大老板，究竟长着怎样一副面孔呢?

据说，这是程长庚现存唯一的一张照片。程长庚算是幸运的。因为，他毕竟给我们留下了一张弥足珍贵的照片。重要的是，他的声音，他热爱的京剧，也得到了长足的发展。由李瑞环同志牵头的中国京剧音配像工程的“菊”部丛书，对程长庚的扮相、唱腔、演技、人品等，都有记述。

（7）女人的黄梅戏

做一个风花雪月碗，捧一个流水落花杯。

这句话，我写给唱戏的人，也送给写戏的人。

中国戏剧，是一门高雅的艺术。她精致，唯美，亮丽，清纯，透彻，既有生活的经验，又有人生的诗意。唱戏的人，终其一生，都在练功，都在曲不离口、拳不离手，倒能博个人前风光。而写戏的人，却命中注定，要独守空房。

写戏的，多是男人。如关汉卿、汤显祖、王实甫。

唱戏的，多是女人。黄梅戏里就有“五朵金花”，如：马兰、吴琼、韩再芬、吴亚玲、袁媛。

男人天生就是写戏的料，女人天生就是唱戏的料。男人唱戏的，能唱出个出人头地来，如程长庚，实在是一个奇迹。同时，我们也很少听说过，有哪个女人写出了一部成功的大戏。

黄梅戏是女人的戏。

从严凤英，到马兰、吴琼、韩再芬们，她们都是黄梅戏中的佼佼者。从“补褙褡”“打猪草”这样的民间小戏，到《天仙配》《女驸马》《牛郎织女》《郑小姣》这样的多幕大戏，黄梅戏的世界里，已然百花盛开。

为了黄梅戏，严凤英可以忍辱负重，直至献出了自己的生命。

为了追求生活中的爱情，“傻女子”马兰可以放下黄梅戏，与余秋雨结婚——她是将生活与戏剧合而为一了。试问当今天下，有几个女子能像马兰这样拿得起又放得下呢？从她身上，我们可以感受到博大精深、如丝如缕的古皖文化魅力。

为了追求更大的舞台，黄梅戏当家花旦吴琼，在自己黄梅戏事业如日中天的时候，果断地急流勇退，只身闯到北京，发展通俗歌曲表演事业。

为了将黄梅戏发展到极致之美，潜山女人韩再芬先后推出了《女驸马》《莫愁女》《杨贵妃》《孔雀东南飞》《徽州女人》等一系列优秀作品。为了黄梅戏，她一嫁黄梅30年，误了自己的花期，直到现在也没有将自己嫁出去。

世上没有免费的午餐，也没有得来全不费工夫的事业。黄梅戏发展史上的这些奇女子，她们追求的究竟是什么？是人前的掌声？是梦里的笑容？是房子车子票子？还是其他的什么？

（8）男人心里都有个林妹妹

男人心里都有个林妹妹。

年轻时，男人心里的那个“林妹妹”，是个瘦女人，是多愁善感的。虽然弱不禁风，却能斯文淡定，才气十足。

她是《红楼梦》里的那个林妹妹，也是川剧《情探》中的那个“林妹妹”——只不过叫法不同，在《情探》里，她叫“焦桂英”：

> 自从别后啊，梨花落，杏花开，梦绕长安十二街。
> 夜间和露立苍苔，到晓来辗转书斋外。
> 纸儿、笔儿、墨儿、砚儿啊，件件般般都似郎君在，
> 泪洒空斋，我只落得望穿秋水不见一书来！

这时的林妹妹，是神圣的，不关人间烟火，只带一身神仙气。

人到中年，男人心里的那个“林妹妹”，胖了，发福了，她是《红楼

梦》里的那个“薛宝钗”，她是王实甫《西厢记》里的那个崔莺莺：

颠不剌的见了万千，
似这般可喜娘的庞儿罕曾见。
则着人眼花缭乱口难言，魂灵儿飞在半天。
他那里尽人调戏亸着香肩，只将花笑拈。

到了老年时，男人心里的那个“林妹妹”，又成了农家女子，成了眉户剧《梁秋燕》里的那个“梁秋燕”。此时的“林妹妹”，再也不是那个“不长不短、不肥不瘦、不高不矮、如迎如送”的神仙姐姐，而是一个崇尚自然、崇尚劳动、崇尚身体健康、生活高质量的“东方维纳斯”：

刘二嫂：春风吹来天呀么天气暖，
（合）：咱二人寻菜去呀么去田间。
刘二嫂：回头看，哟!你今日好打扮。
梁秋燕：这平平常常，嫂子你何出此言?
刘二嫂：白羊肚手帕花牡丹，黑油油头发双辫辫，
绿裤子、粉红衫，桃红袜子实在鲜。
梁秋燕：这是我纺织闹生产，自己劳动自己穿.
刘二嫂：偏扣扣鞋大脚片，有红有白真体面。
能织布，能纺线，能绣花能做饭，
地里劳动不让他们男子汉。
千金难买好心眼，见人不笑不言传。
这娃长得没弹嫌，近来就有点心不安。

哪个男子有识见，娶上这个媳妇，哼!
管叫他和和美美能过一百年。
（合）：姐妹二人把菜剜，
麦苗一片一片看呀看不完，
绿茸茸遍地接了天。
菜子花儿黄，菜子花儿香，
豌豆叶儿肥，豌豆叶儿胖。
肥胖胖绿茸茸，黄浪浪浪喷喷香，
再也不怕遭年荒!

这个时候的女人，是最可爱的，你可以与她做点什么呢？呵呵，“无他，待和你剪烛临风，西窗闲话”。

（9）女人心里都有个宝哥哥

中国戏剧，讲究的是生活国度里的极致之美。所以，看戏的，不管是年老的，年少的，不仅希望戏台上的男女，能够夫妻恩爱、和和美美，同时，也都希望生活中的自己的一生，能够“斷配得才貌仙郎，博得个地久天长”。

因此，不唯男人心里都有个林妹妹，女人心里也都有个宝哥哥。女人心里的这个宝哥哥也是在变的。

《牡丹亭》里有三句话：

“啊！姐姐，小生哪一处不寻到，你却在这里。”

“姐姐，咱一片闲情，爱煞你哩，则为你如花美眷，似水流年，是答儿闲寻遍。”

“是哪处曾相见，相看俨然，早难道这好处上西天逢无一言？”

这三句话，实际象征着男人的三个阶段。

第一句话，恰如张爱玲所说的那样，青年男女，情窦初开，向往着爱情的降临，期待着与自己另一半的不期而遇。所不同的是，《牡丹亭》里，只用了16个字，张爱玲的《爱》，用了80个字：“于千万人之中遇见你所遇见的人，于千万年之中，时间的无涯的荒野里，没有早一步，也没有晚一步，刚巧赶上了，那也没有别的话可说，惟有轻轻地问一声：‘噢，你也在这里吗？’”

这个时候的男人，手上有一千朵玫瑰，却不知道自己要送给谁。

这个时候的女人，自己就是一树牡丹，却不知最终将要向谁开。

这个时候的男人，是傻傻的，痴痴的，于世事是无补，于爱情是无知，他们轻飘飘的，自认为是重如泰山，实际上却是轻如鸿毛。他们不仅骨骼没有长成，其他方面也都不成熟。

这个时段里的男人，只能当花瓶，供在女人的梦里。或者，贴在粉面的墙上。

第二阶段的男人，吃着碗里的，盯着锅里的，看着墙上的。他们有那个财力，有那份闲情雅兴，动不动就开个patty，咬咬牙就可以置办一个不动产，而这一切的初衷，不外乎想金屋藏娇，养个情人，包个二奶，过他们的快乐人生。

这个时期的男人，虽然骨骼成熟了，却很容易成为陈世美，冷不丁就被黑脸包公用“狗头铡”给铡了。或者，一不小心就被人骗了，就把自己原本幸福的家庭给毁了。

痴情女子负心汉。这样的男人、女人，越剧《情探》里就有一对。

越剧《情探》里的焦桂英，是一个“情重如山，怨深似海”的奇女子。与川剧里的死亡方式不同，这一回，焦桂英不是自缢而死，而是赴水而亡。她死后，海神庙外波涛汹涌，就如她身满身的怨气。舞台表演时，她的脸上写满了凄楚、哀戚与幽怨，她的鬼魂跟着判官和鬼卒一起去东京捉拿负心的王魁——此时的王魁，事业有成，招赘在宰相府当了上门女婿。焦桂英的游魂，经漓水、沂水，过青州、淄川，越泰山、黄河，一路上飘飘荡荡，终于找到了宰相府，找到了王魁。找到了王魁，焦桂英也不急于杀死他，因为，毕竟他们之间有过两年的夫妻生活，所以，她对鬼判官才有这样一段唱：

啊，判官爷啊！
判官爷休性急且待一回，
非是我身退转心肠忒软，
都只为两年间夫唱妇随。
判官爷许桂英先去试探，
他若还有人性在，
——我情愿收回。

这段唱，非常真实，没有丰富的阅历，没有一定的心理学知识，作者断然写不出这段词。所以，《牡丹亭》的这段词，实在是作者的心声，寄托着作者的理想情感：

“忙处抛人闲处住。百计思量，没个为欢处。白日消磨肠断句，世间只有情难诉。玉茗堂前朝复暮，红烛迎人，俊得江山助。但是相思莫相负，牡丹亭上三生路。”

其实，这时女人心里的宝哥哥，是很危险的。他们手拿着杀人的宝

剑，可以他杀，也可以自杀。面对事业，他们毫不含糊，所向披靡，战无不胜，攻无不克，手握生杀大权，动不动就可以“他杀”“杀他”。面对爱情，这时的男人，虽然步入了婚姻的神殿，却已有了六年之痛、七年之痒、八年之乱，他们进一步前有大敌，退一步后有追兵，万丈悬崖面前，有些男人断然拔剑自刎——爱情，让他们最终选择了自杀。

男人的第三个阶段，“是哪处曾相见，相看俨然，早难道这好处上西天逢无一言？”这时女人心里的宝哥哥，阅人无数，看山还是山，看水还是水，知道生命的终点就在眼前，知道生命的最终目的，是健康长寿，子孝妻贤。就像汤显祖在《牡丹亭》题记里所说的那样：

“情不知所起，一往而深，生者可以死，死可以生。生而不可与死，死而不可复生者，皆非情之至也。梦中之情，何必非真，天下岂少梦中之人耶？必因荐枕而成亲，待挂冠而为密者，皆形骸之论也。”

翻译过来，就是：

“女人的情在不知不觉中激发起来，而且越来越深，活着时可以为情而死，死了又可以为情而生。活着不愿为情而死，死而不能复生的，都不能算是感情的极点啊。梦中产生的情，为什么一定不是真的呢，天下难道还缺少这样的梦中之人吗？一定要挨到男女同席了才算是成亲，等到挂冠辞官后才感觉安全的，都是只看事情表面的说法啊。”

人生在世，不管你是前世修了身，今世拜了佛，前院烧过香，后院发过愿，反正，老天爷会派给你一个如意郎君金龟婿、无忧无虑粉脸婆。用《红楼梦》里的话说，叫“不是冤家不聚头”，用《牡丹亭》里的话说，是：“数了罗汉，参了菩萨，拜了圣贤。呀，正撞着五百年前风流业冤！”

（10）男人的哭 女人的哭

男人心里都有个林妹妹，女人心里都有个宝哥哥。我一直信奉这种说法。我是一个乐观主义者。按照这种审美，您所看到的世界，要么是绿草，要么是鲜花。因为，乐观主义者的眼睛，总能看见人生前途的那个理想、那个希望、那道曙光。

与“乐观主义”相对立的，是“悲观主义”。按照悲观主义的审美，长大后，男人心里都有个杨玉环，女人心里都有个潘金莲。

不幸的是，《红楼梦》是个悲剧。《红楼梦》里的林妹妹是一定会被写死的。既然林妹妹死了，宝哥哥的哭就成了必然。所以，“宝玉哭灵”的调子是悲痛欲绝的：“而今是，千呼万唤、唤不归，上天入地难觅见。”

我爸爸是个非常坚强的男人。我只见过他两次哭。一次是我姐姐出嫁，爸爸哭了，哇哇的，咧着大嘴，哭得很伤心；一次是听说我外婆去世了，爸爸一言不发，眼泪却浸出来，分两条流到腮边。小时候，我最喜欢的女人，是我外婆。她去世后，因为路途遥远、年龄小，爸爸不让我们这些小孩子去看望外婆最后一眼。当年，不了解爸爸，心里非常怪罪爸爸。后来才知道，母爱如水，父爱如山，爸爸是用一种特殊的方式，让外婆永远活在了我们心中。

宝玉哭黛玉，何尝不是如此？宝玉的哭，是撕心裂肺的。他哭红颜命薄，他哭知音早逝，他哭人心难测，他哭世事如风，他哭他的左手把握不了自己，他哭他的右手操纵不了别人，他哭人间的爱情为什么总是那么短暂——他的哭带有婴儿降生第一次哭的意味。

男人的哭，各不相同。宝玉的哭，其实就是曹雪芹的哭，也是若干年前陶渊明的哭。历史上，陶渊明曾有过一次著名的长哭，即《闲情赋》。

后来，人们将之归结为“十悲”“十愿”：

闲情赋

陶渊明

愿在衣而为领，承华首之余芳；悲罗襟之宵离，怨秋夜之未央！
愿在裳而为带，束窈窕之纤身；嗟温凉之异气，或脱故而服新！
愿在发而为泽，刷玄鬓于颓肩；悲佳人之屡沐，从白水而枯煎！
愿在眉而为黛，随瞻视以闲扬；悲脂粉之尚鲜，或取毁于华妆！
愿在莞而为席，安弱体于三秋；悲文茵之代御，方经年而见求！
愿在丝而为履，附素足以周旋；悲行止之有节，空委弃于床前！
愿在昼而为影，常依形而西东；悲高树之多荫，慨有时而不同！
愿在夜而为烛，照玉容于两楹；悲扶桑之舒光，奄灭景而藏明！
愿在竹而为扇，含凄飙于柔握；悲白露之晨零，顾襟袖以缅邈！
愿在木而为桐，作膝上之鸣琴；悲乐极而哀来，终推我而辍音！

当年，陶渊明笔下的那个女子，为了爱情，梦想成为那个男人的衣领、衣带、梳子、化妆品、凉席、鞋子、影子、蜡烛、扇子、桐木琴，目的，只是为了与那个男人朝夕相处，赢得他的欢心。从表面上去理解，这首赋是女人的“欸乃”，是那个特殊的年代，女人如歌如泣的行板。而深层次里，陶渊明是想放下官位，抛弃政治，退隐山林，享受人生。

男人的“欸乃”，和女人的“欸乃”，大不相同。

潘金莲是中国文学作品里一个极具争议的悲剧性人物。不管是《水浒传》里的潘金莲，还是《金瓶梅》里的潘金莲，应该都是一个人物。

历朝历代，人们对潘金莲的争议，都集中在她“该不该出轨，为什么要出轨”之类的问题上。

看穿了历史，你会发现：男人弱智是个天大的错误，女人漂亮也是个天大的错误。

戴上有色眼镜，我看见潘金莲躲在历史的墙角里，哭个不停。

当年，潘金莲本是千金人家的女儿，美目横波，锦衣罗袜，不慎落入他人圈套，成为富人的玩偶。潘金莲被送给“三寸丁”武大郎做老婆，实在是一个历史的错误。他哪里知道：对于他来说，过于漂亮的女人其实就是一颗定时炸弹，早晚会爆炸。

戏剧里的潘金莲，一定会去勾引武松。虽然，潘金莲十分小心，但是，身处困境中的美女潘金莲，为了她的人生，她一定会走这步棋。因为，按照悲观主义者的逻辑，潘金莲首先是从思想深处出轨的。因为，她有漂亮的资本；因为，她有下嫁的遭遇；因为，她有欲望的种子；因为，她有恶的基因。好马配好鞍，好女配好男——她认为：她应该出轨。

武松第一次回家，潘金莲的心里有10条虫子在爬；

武松第二次回家，潘金莲的心里有100条虫子在爬；

武松第三次回家，潘金莲的心里有1000条虫子在爬……

于是，潘金莲为武松泡一壶酒，放两只酒盅在桌子上，这是性欲之花盛开的必然动作。武松耐着性子与潘金莲喝酒，也是中国文化的一种必然。当最后半杯酒下肚，武松还是油盐不进时，潘金莲只好撕破脸皮，一不做二不休地纠缠起来——这也是潘金莲压倒骆驼的最后一根稻草。只可惜，潘金莲找错了对象，武松何等人也！他既是一个敢于打虎的汉子，更是一个有着道德底线的男人，他忍不住跳起来怒斥道：

“我是含牙带发丈夫家，岂可作败伦伤化？！”

潘金莲只好说出了自己精神出轨的原因：

“我是不带网巾男子汉，叮叮当当妇人家。拳头上立得人，膀子上跑得马。我是要在人前做人的啊！”

言下之意：嫁给武大郎让我在人前抬不起头，我与武大郎走在一起不般配。“恨冤家不识女儿真情，怨奴家错把寒梅作桃花。”潘金莲已经厌烦与武大郎一起所过的那种一成不变的日子。她发狠心，要破釜沉舟、鱼死网破一回：“今朝梨花遭风雨，不信春来不发芽。”

潘金莲的命运由不得她自己。她的故事，虽然于理不容，却于情可恕。所以，古往今来，很多人听了潘金莲的故事，都很理解她。中国现代话剧创始人之一的欧阳予倩（桃花不疑庵主），以及“四川鬼才”魏明伦等，都曾试图给潘金莲正名。

潘金莲第一次看到西门庆，那根从窗户落下去正好砸着西门庆的杆子，是人为的，还是非人为的，只有当事人才清楚。

我个人认为，是潘金莲人为的。一个连自己的小叔子都敢勾引的人，自然敢去调戏外人。也就是说，从一开始，西门庆就是一个被动受害人。虽然他也是一肚子的男盗女娼。

林子大了，什么鸟都有。历朝历代，像西门庆这样的色鸟，大有人在。所以，接到潘金莲传过的讯号（类似于安徽民歌里“隔墙砸砖头”的砖头）之后，原本没有机会也要创造机会的“情圣”“情哥哥”西门庆，当然会逮住机会，发起冲锋。至于西门庆用了哪五步绝招，最终成功勾引潘金莲上床，我们不去探究，但潘金莲之死，却是人伦文化上的必然：

武松一提，提起那婆娘，旋剥净了，跪在灵桌子前。武松喝道：“淫妇快说！”那妇人唬得魂不附体，只得从实招说，将那时收帘子打了西门庆起，并做衣裳入马通奸，后怎的踢伤武大心窝，王婆怎地教唆下毒，拨置烧化，又怎的娶到家去，一五一十，从头至尾，说了一遍。王婆听见，只是暗中叫苦，说："傻材料，你实说了，却教老身怎的支吾。"这武松一面就灵前一手揪着妇人，一手浇奠了酒，把纸钱点着，说道："哥哥，你阴魂不远，今日武松与你报仇雪恨。"那妇人见势头不好，才待大叫。被武松向炉内挝了一把香灰，塞在他口，就叫不出来了。然后劈脑揪翻在地。那妇人挣扎，把鬏髻环都滚落了。武松恐怕他挣扎，先用油靴只顾踢他肋肢，后用两只手去摊开他胸脯，说时迟，那时快，把刀子去妇人白馥馥心窝内只一剜，剜了个血窟窿，那鲜血就冒出来。那妇人就星眸半闪，两只脚只顾登踏。武松口噙着刀子，双手去斡开他胸脯，扎乞的一声，把心肝五脏生扯下来，血沥沥供养在灵前。后方一刀割下头来，血流满地。迎儿小女在旁看见，唬的只掩了脸。武松这汉子端的好狠也。可怜这妇人，正是三寸气在千般用，一日无常万事休。

在《金瓶梅》中，潘金莲即便不被武松杀死，也会被西门庆气死。西门庆一共有六个妻妾：吴月娘（正妻）、李娇儿、孟玉楼、孙雪娥、潘金莲、李瓶儿。西门庆最喜欢的是女人是潘金莲、李瓶儿和庞春梅——《金瓶梅》的书名，就是从这三个名字中各取一字，组合而成。

"暴发户"西门庆先是乱了潘金莲，然后，设计害死了花子虚，然后将花子虚的老婆李瓶儿收归已有。一个李瓶儿，就让潘金莲吃够了醋，何况后来又多了个庞春梅！于是，金、瓶为主的妻妾之间的争宠妒恨，最终结果只能是西门家族"树倒猢狲散"的衰败与零落。

潘金莲、李瓶儿、庞春梅是不是典型的淫妇，我们姑且不论。单从潘金莲的女性心理出发，潘金莲的烦心事，就多如牛毛，她的哭也就只会多，不会少。男人，只想占有她的身体；女人，总在算计她、排挤她。戏里戏外，潘金莲都找不到她所需要的那份感情、那份爱情。缩在历史的压缝里，潘金莲只能是一个悲剧——这样的一个女人，她能不哭吗？！

中国戏剧里，不光女人会哭，男人也有“欸乃”之声。

经过金沙堆、两狼山的两场惊天厮杀，杨五郎出家当了和尚。但出了家，他也仍是杨五郎。因为，他骨子里仍然是个男人：

抛却乌纱苇笠戴，
脱去官靴穿草鞋。
今生不与潘洪并肩走，
死后啊——不和奸贼一同埋！

杨六郎扮成贩马的商人，深入敌营，从昊天塔里盗取了父亲骨殖回来，到庙里暂避追兵。黑暗中，意外地碰到了出了家的杨五郎。听到熟悉的乡音，三问两问，由忠奸之问，变成了身世之探。编剧没有像常人那样一问一答，而是让杨五郎像说别人的故事一样，述说他自己的事：

壮士休要提五郎，
提起五郎好心伤。
一不忠来二不孝，
抛了家，舍了娘，
五台出家当了和尚。

打仗亲兄弟，上阵父子兵，经历生死的弟兄们是心灵相通的，所以，六郎的回话是：“话不能这么讲，必定是他性格暴躁，不愿意与奸臣潘洪同朝为官，一怒出家也是有的。”

男人内心最深处的隐衷，除了兄弟之间能够肝胆相照外，还有谁能够彼此知晓呢？话已说到这个份上，隐瞒与相认，只是近在咫尺。但已然出家的五郎，还是不肯说出自己的名姓，只肯说自己“姓僧，大号‘和尚’”时，杨六郎急切地说：“不要见疑，我是好人！”

第一次看这场戏，听到这儿，我忍不住流下泪来。因为，我能体会到杨六郎身陷敌营，意外寻到哥哥的迫切心情。那个战乱的年代，那种传统的教育，把中国男人挤压得这般可怜、可悲、可叹——做一个好人，竟然如此艰难！刚相认，又分离。马嘶鸣，追兵至。五郎要去挡住胡鞑子兵，六郎要哥哥回朝探母，五郎只好说：

“兄弟，你看，出家之人归家难。”

不就是回家吗？四郎、八郎做了敌人的驸马，还能回家看看呢。五郎怎么就不能回家看看呢？呵呵，五郎心结未开，他不能回家。和所有看破红尘的人一样，杨五郎要留在五台山寻求解脱。不过，杨五郎注定做不成安心和尚，临别之际，他叮嘱弟弟：

“鞑儿若要兵马动，六弟搬我当救兵。虎瘦雄心在，何惧萧银宗！”

后来，穆桂英大破天门阵时，需要杨五郎的支援；《三关排宴》时，他母亲佘太君在雁门关外还需要他付出生命、成全忠烈。

戏里、戏外，男人天生就有太多的责任。试问——有几个男人不是哭着降临人世的呢？

（11）江声月色共高低

“君住长江头，我住长江尾。日日思君不见君，共饮长江水。”

这是李之仪的作品。我很喜欢这首词。因为它浅显，情真。浅显的作品很多，情真的作品难得一见。李之仪是替我们嘘出了胸中块垒：分离是痛苦的，不论是男人，还是女人，都需要爱情。其实，爱情就是友情与亲情的总和。

有了爱情，人无死生之别。所以，杜丽娘生前寻梦到梅树旁，愿意死后也葬在梅树下。因为，梅树是她的芳心所系。当年，她与柳梦梅有诗唱和曰：

杜丽娘原诗

近睹分明似俨然，远观自在若飞仙。
他年得傍蟾宫客，不在梅边在柳边。

柳梦梅和诗

丹青妙处却天然，不是天仙即地仙，
欲傍蟾宫人还远，恰似春在柳梅边。

古人很讲究诗词之美。所以，昆曲有一段唱，将以上这两首诗，化解得是自然亲切，极富韵律感：

在梅边落花似雪，纷纷绵绵谁人怜？
在柳边风吹悬念，生生死死随人愿。
千年的等待滋味，酸酸楚楚两人怨，
牡丹亭上我眷恋，日日年年未停歇。

他年得傍蟾宫客，不在梅边在柳边。

我这一生，追求的是诗话人生，诗化人生。诗话人生，就是用我的笔，我的诗，写我的生活我的美。所谓诗化人生，就是将诗与生活融为一体，诗就是生活，生活就是诗。这种生活，在我看来，才是高质量的，才算不白活一回。

比我大的人，大多会哼几句样板戏。如“穿林海跨雪原气冲霄汉”“我们是工农子弟兵”“垒起七星灶铜壶煮三江”“临行喝妈一碗酒”……那时候，全国刚兴起自由恋爱。追求新生活、新爱情的刘巧儿，有这样一段唱，至今都很流行：

巧儿我从小许配赵家
——评剧《刘巧儿》选段

巧儿我自幼许配赵家
我和柱儿不认识我怎能嫁他呀
我的爹在区上已经把亲退呀
这一回我可要自己找婆家呀
上一次劳模会上，我爱上人一个呀
他的名字叫赵振华
都选他做模范，人人都把他夸呀
从那天看见他，我心里就放不下呀
因此我偷偷地就爱上他呀
但愿这个年轻的人哪

他也把我爱呀
过了门，他劳动我生产，
又织布纺棉花我们学文化
他帮助我、我帮助他
争一对模范夫妻立业成家
来在了桥下边我用目观看哪
河边的绿草配着大红花呀
河里的青蛙它呱呱叫哇
树上的鸟儿它是唧唧喳喳呀
我挎着小筐儿忙把桥上啊
合作社交线再领棉花

任何文学作品，都或多或少带有其生存年代的影子。戏曲也不例外。

安徽人喜欢养猪。养猪是农耕文化自给自足的表现。猪肉好吃，猪也好养。在喂猪方面，安徽人有一套很科学、合理的方法。猪不挑食，只要将剩菜剩饭，兑上糠糟，加上水，将猪喂饱了，它就能长膘、长肉。而且还长得很快，一年就能出笼、屠宰。安徽农村，基本上家家户户都养一头猪，甚至几头猪。

喂猪，就得准备猪饲料。小时候，我就曾跟两个姐姐，去打过猪草。那时候，没有什么“猪饲料”，喂猪，必须“打猪草”。所以，那时候的猪，吃的东西是自然的，绿色的，猪肉也比现在更好吃。

黄梅小戏《打猪草》，反映的就是安徽农家生活中的这样一组场景：农村娃子陶金花、金小毛，一个打猪草，一个看竹笋。陶金花在打猪草时，一不小心，碰断了金小毛家的两根竹笋，她慌忙用草将竹笋盖上。

这时，在树上看笋的金小毛看见了，认为她是有意偷笋，就踩破了她的篮子。小姑娘哭着拉他去见妈妈，要他赔篮子。金小毛无奈，将舅母让他买盐的二百文钱赔她。陶金花知道底细后，不要金小毛赔竹篮了，说："只要心意好，人好水也甜。"金小毛很感动，便把断了的竹笋一起送给她。他见陶金花打了不少猪草，提不动，又帮她将猪草送回家。一路上，他们二人是边走边唱——这就是著名的《对花》，什么花都唱过了，他们终于回到家中。金花的妈妈不在家，金花就打了三个鸡蛋、泡了一碗炒米招待小毛。

当年，封建礼教森严。《打猪草》里的男女青年的这种自由交往，具有反封建的意义。全剧语言风趣，曲调优美，充满了青春的活力。其中，《对花》一段，由一男一女对唱而来：

郎对花姐对花，一对对到田埂下。
丢下一粒籽，发了一颗芽。
么杆子么叶开的什么花？
结的什么籽？磨的什么粉？做的什么粑？
此花叫做（呀得呀得喂呀得儿喂呀得儿喂呀得儿喂的喂喂）叫做什么花？

郎对花姐对花，一对对到田埂下。
丢下一粒籽，发了一颗芽，
红杆子绿叶开的是白花。
结的是黑子，磨的是白粉，做的是黑粑，
此花叫做（呀得呀得喂呀得儿喂呀得儿喂呀得儿喂的喂喂）叫做荞麦花。

郎对花姐对花，一对对到田埂下。
长子打把伞，矮子戴朵花，
此花叫做什么花？
郎对花姐对花，一对对到田埂下。
长子打把伞，矮子戴朵花，
此花叫做莲蓬花。

八十岁的公公喜爱什么花？八十岁的公公喜爱万字花。
八十岁的婆婆喜爱什么花？八十岁的婆婆喜爱纺棉花。
年轻的小伙子喜爱什么花？年轻的小伙子喜爱大红花。
十八岁的大姐喜爱什么花？十八岁的大姐喜爱一身花。
面朝东什么花？面朝东是葵花。
头朝下什么花？头朝下茄子花。
节节高是什么花？节节高芝麻花。
一口钟什么花？一口钟石榴花。
郎对花姐对花，不觉到了我的家。

黄梅戏来自民间，是从田野里吹来的风。它吹醉了江南人，吹醉了江北人，吹绿了大江两岸的山山水水。

小时候，我很喜欢黄梅戏。20世纪六七十年代出生的人，几乎都是听着黄梅戏长大的。我们安庆人，尤其如此。

安庆古城，坐落在长江边。这里是徽班的根据地，是京剧的发源地，是黄梅戏的发祥地，同时，还是“京剧鼻祖”程长庚的故乡。

江山代有人才出，各领风骚数百年。剧种的命运也是这样：两百年前，徽剧在皖江两岸飘飘荡荡；一百年前，京剧在这块土地上脱胎换骨；五十年前，黄梅戏充斥着皖山皖水。而今，这里已不见了徽剧、不见了京剧，只有黄梅戏，还在这儿浅吟低唱。

试问，五十年后，这里还有黄梅戏吗？

乘一艘十七世纪的木船，沿着皖水顺流而下，耳畔依然能够听见黄梅戏的声音。呵呵，今天的安庆人唱起黄梅戏来，还是那样糯、那样香、那样脆、那样甜。芦荡青青，水鸟低飞，漂流在21世纪的皖江上，我看见，天高云淡，我听见，江声月色共高低。

看一眼振风塔，掬一捧皖江潮，摇橹的艄公告诉我：今天的安庆，已经只剩下黄梅戏了。呵呵，说这话的艄公，对流行歌曲很有意见。一百年前，说这话的人，对京剧很有意见。两百年前，说这话的人，对徽剧很有意见。四百年前，说这话的人，对元曲很有意见。九百年前，说这话的人，对宋词很有意见。一千三百年前，说这话的人，对唐诗很有意见。一千八百年前，说这话的人，对汉赋很有意见。两千多年以前，说这话的人，对诗经很有意见。

呵呵，艄公啊艄公，若干年后，孩子们对你说的这些话，也会很有意见哦！

有意见就让他们有意见去吧。

人生在世，不管是穷人还是富人，都有表一表自己意见的快乐。

北岳恒山与“道”

说起“道教”“道文化”，离不开北岳，离不开恒山。因为，我们知道道教讲究“面南背北”，为什么是背朝北方呢？因为，北方有大山，名曰恒山，恒山是一座“靠山”，是一座靠得住的山——背靠恒山，可成大事。所以，您如果想成就一番大事，就得去拜恒山。

背靠大树好乘凉，背靠恒山成伟业。明白了这一点，世人岂有不拜北岳恒山的道理？

那么，什么是靠山呢？靠山即“本”。孟子认为，“天下之本在国，国之本在家，家之本在身”。（《孟子·离娄（上）》）不过，人生的自我价值是要通过群体价值来实现的，所以，《论语·雍也》上说：“己欲立而立人，己欲达而达人。”

恒山既是我国文物古迹荟萃处和道教发祥地，也是负载多元文化的富矿。这儿不仅包容了人们常说的儒、释、道三教，还有贯穿封建世俗社会的王者之教（或者说“王教”）。

北岳恒山与东岳泰山、西岳华山、南岳衡山、中岳嵩山并称“五岳”，齐名天下。自《易经》开始，中国人就一直认为，“五”是一个奥妙无穷的数字：天数二十有五，地数三十，天地和合为五十有五。人们所说的“五方”“五行”“五色”“五味”“五音”，这些“五”字，可以是泛指。但五岳之五，表示的是对天下山川万物的尊敬，谋求人与自然的和谐。因此，从文化渊源讲，北岳恒山以及东岳泰山、西岳华山、南岳衡山、中岳嵩山就是一个寄托了人与自然和谐的符号，表达了中国古人对“和”的追求。

非同凡人的王者，希望江山永固，当然要去朝拜“恒山”——那是他们心中的圣山。

普通老百姓，希望家庭夫妻关系永远和睦、和谐，更要拜恒山——那是他们心目中的福山。《易经·序卦》上说：“有天地然后有万物，有万物然后有男女，有男女然后有夫妇，有夫妇然后有父子，有父子然后有君臣，有君臣然后有上下，有上下然后有礼仪，有所错，夫妇之道不可不久也。故受之以恒，恒者久也。”

希望寿命长久的人，需要拜一拜恒山——因为，恒山是他们心目中的寿山。“恒”本身就是“久”的意思。谁人不想自己寿命更长一些呢？恒山之恒，道出了中国道教的根本，即自然长久。

恒山利财。求财的人，要拜恒山——它是人们心目中的金山、银山。司马迁说：“天下熙熙，皆为利来，天下攘攘，皆为利往。”世人固然也有淡泊名利的，但认为“名利本为浮世重，古今能有几人抛”的，古往今来，真有几人呢？如果您真能做到佛家、道家所说的，“跳出三界外，不在五行中”，那么，你就真的可以像陈抟老祖那样，大梦不觉醒，一睡三千年了。否则，即使是信奉“千金散尽还复来”的李太白，晚年也只能依靠族叔李阳冰了。

其实，《西游记》讲究的，并不是真正的人间佛教，而是人间道教。它以佛教为外衣，行的却是道教的内胆。孙悟空从菩提老祖那儿学来一身真功夫，能在天地之间遨游，一个筋斗十万八千里，来去自由，不用坐出租车，不用浪费汽油、柴油。而佛教中的“俗人”的化身，如猪八戒，是好色的，好吃的，好喝的，讲求的是实实在在居家过日子。

按照孟子的说法：“人之有道也，饱食暖衣，逸居而无教，则近于禽兽。”孟子还说：“穷则独善其身，达则兼济天下。”其实，孟子这些话的重心，在于强调“时”与“位”的向度。

时间，是“时”；空间，是“位”。时空相加，就是人生天地之间，有维度，有广度，还有精度与深度。所以，老子说：“乾，阳物也。坤，阴物也。阴阳合德，而刚柔有体，以体天地之撰，以通神明之德。乾道成男，坤道成女，乾知大始，坤作成物。”《易经·系传》上说：“一阴一阳之谓道。继之者善也，成之者性也，仁者见之谓之仁，智者见之谓之智，百姓日用而不知，故君子之道鲜矣。”

纵看古今中外哲学，孔子讲仁，孟子讲义，墨子说兼爱，耶稣说博爱，佛家讲慈悲、平等，儒家讲仁、义、道、德等等。而堪称智者的老子说：“道生一，一生二，二生三，三生万物。”老子告诉我们，世界之万物都是生于那个无形也无名的东西，我们给它取个名称谓之“道”，这个先天的道体一动，又生出了一阴一阳后天应用之“道”，然后生成名实相杂的世界万物。

这个“道”，是变化的，互为转换的，阴阳可互转，时间、空间可互换。“天命之谓性，率性之谓道，修道之谓教，道也者不可须臾离也，可离非道也。”

按照北岳闲人王继光的说法，恒山于方为北，北方阴终阳始。于卦为坎，坎为水，水为万物养命之源。于神为上古黑帝颛顼，司职天下之水。

王继光先生的说法，与恒山北岳神的司职传说有关。《修道要鉴》云："恒山为元岳，下镇元洲，上应元天，当北方元武七宿，辰星位也。于方为北，于时为冬，于行为水……于神为黑帝。颛顼之所治，元冥之所宅。"颛顼传说为上古黑帝，执全衡而治冬。立冬那一天，北岳神在恒山，北岳神主要司天下之水，所以，恒山是万物之源、万山之源，因为，百川归大海，百川水潦归焉。

那么，什么是水呢?

老子说"上善若水"，孔子说"智者乐水"。水滋养万物却不为一己私利，像"德"；大水直落万丈深渊而无所畏惧，像"勇"；水流千转直奔大海，像"志"；水流汹涌源源无尽，像"道"；注水入杯水满则平，像法度公正；水柔弱纤小却无微不至，像"察"；水自高流低曲折有规律，像"义"；水荡涤污垢洗洁万物，像善于教化。水会流到任何地方，哪怕是最脏的地方，但是它泰然自若，安之若素。所以，曾国藩才说："德若水之源，才若水之波。"

水是生命之源，是万物之本，柔中有刚，它有三种形态，各不相同：气态时的浪漫，液态时的柔美，固态时又表现出刚强来。所以，无论是老子，还是孔子，他们说的都对：水，智善兼而有之。"天下莫柔弱于水，而攻坚强者莫之能先也，以其无以易之也。水之胜刚也，弱之胜强也，天下莫弗知之，而莫之能行也。"

有朋友大概要问了：

"你说北岳恒山司水，为什么现在缺水的却是北方呢?"

呵呵，三十年河东，三十年河西，天道轮回，现在是南方多水，但若干年前，黄河流域的水患是不是多过长江流域呢?正因为常发大水，北方才形成了黄土高坡、河套平原。若干年后，谁知道长江流域会不会成为沙漠、成为黄土高原呢?

前段时间，赴北岳恒山，专程为王继光先生的北岳恒山文化研究会挂牌仪式道贺，平生第一次看到了道士如何“祭北斗”。而且，恒山众道友还为我们做了“祈福仪式”。滴水之恩当涌泉，何况受人祈福若此？诚惶诚恐，是以为文，以答恒山诸友。

访道终南山

“我醒了，
天还没有睁开眼睛；
我睡了，
大地绽放光明。
我在花里沉醉，
死后，
骨骶上还留有她的余香。”

——《致终南山》

（1）启

道士，我只在《西游记》《红楼梦》《儒林外史》《水浒传》里“见”过。生活中，我很少见到道士。

第一次见识道士，是在一个正午。那一天，我与你一起去白云观。买了门票，走过“奈何桥”，就听见左手边厢房里传出一种“嘭嘭咿咿”的琵琶声。那些音乐，听起来虽然成调，但仍听得出带有初学者的陌生劲，指法上的轻重缓急，还不够娴熟；用力上也略显阳刚有余、阴柔不足。

我对你一笑："信不信？应该是一位年轻的道士在弹'土'琵琶。"

你笑着点头。

你是酷爱音乐的。

对中国道教，我们一直有着一种莫名的、特殊的情感。

按照鲁迅先生的说法，中国文化的根柢在道教。作为一个中国文化人，当然会受到道教文化的熏陶。从老子、庄子，到李白、王维、苏东坡、李清照，甚至民国年间的瞎子阿炳，他们都曾影响过我。而且，这种影响是极其深远的。

道教音乐，是中国音乐的重要源头之一。历史长河中，很长一段时间，道教音乐甚至就是"中国音乐""中国宫廷音乐"的代名词。因为曾到过敦煌莫高窟，见识过飞天神女弹奏音乐的画面，所以，我对中国道教音乐讳莫如深，爱之，想之，思之，念之，却从来不曾有过更深层次的理解或接触。

身为《曲苑杂坛》的导演，加上对中国道教音乐的崇尚之情，这一线音乐，加上心头的责任感，便足以让我移步来到那间弹奏琵琶的小木屋下。等他一曲终了，我便"咚咚"两下轻叩，小木窗里的主人应了声："来啦！"

接着，便听见放琵琶的声音。小木门 "美呀"一声，柔柔地打开了。但只见一个头发束得很高的年轻人，穿着一身黑色的道服，踝部套着两只白色统袜，脚上蹬着一双黑面白底的布鞋，显得干净而又明显与众不同。

听说我们是慕他的琴声而来，小道士极其礼貌地将我们让进小木屋，又极其礼貌地请我们坐下。真是雅室何须大，花香不在多：他的这间小房子，因为有了琴声，有了书籍、乐典，便显得雅致起来。

与雅士谈天，当然要从“品茶”开始。小道士将心爱的大红袍拿出来招待我们，从其一举手、一投足之间，能够看出，这是一个难得的人才。

谈笑有鸿儒，往来无白丁。我们从蔡文姬的《胡笳十八拍》，谈到刘邦、张良用《十面埋伏》打败项羽；从如何聆听、欣赏敦煌莫高窟绘画作品上的音乐，到云南纳西的宣科先生如何开发、利用中国道教音乐，将纳西古乐打造成了“中国名片”，许多外国朋友，是通过纳西古乐，才对中国文化有了更深入的了解……如此等等，真是天马行空，不着缰绳。

2000年，在中山音乐堂，我第一次有幸见识了中国云南纳西古乐。在一帮纳西老人的敲击、吹奏、撩拔下，中国道教音乐被他们演绎得如此这般美轮美奂、空前绝后、妙趣天成！而那些演奏者，竟然都是一些八九十岁的老者！在这支队伍里，七十多岁的宣科老师，因为相对年轻，被赋予领队、翻译、主持人等多种任务。音乐会的一开始，我就被宣科老师精湛的双语翻译，和幽默风趣、具有一定知识深度的讲解打动了。

他说《一江风》是为纪念元世祖忽必烈而作的；他说《山坡羊》里带有怨气；他说中国道教音乐，值得有更多的人投入其中，做更深层次的挖掘、搜集与整理。他说中央电视台应该投入更多的时间和精力，从事中国道教音乐的宣传与推广。

当我把这些话介绍给眼前这位小道兄的时候，我发现，他的眼中流露出一种前所未见的光。

我们约定——今后，一定要同心协力，搞一台像模像样的道教音乐会，让更多的人知道、了解中国道教音乐。

（2）承

你曾经让我身冷如冰、心黄如土。

你不在，我曾试着出家。于是，2008年12月9日，我试着拨通了中国道教学院的电话。电话那头，一个男中音吸引了我：他的谈吐，颇具文化魅力。当我说自己姓“徐”的时候，电话那头竟然随口回答：

“在《道德经》的第十五章中，有两处提到了‘徐’字，即‘孰能浊以静之徐清？孰能安以动之徐生？保此道者，不欲盈。夫唯不盈，故能蔽而新成。’”

天下竟然有人对《道德经》了解得如此娴熟、如此通透！真是太难得了！我对电话那头的这位男中音的好感油然而生。便索性快人快语、自报家门：“我姓徐，名而缓……”谁知，他竟然张口就抛过来一句：

“性缓而不急，堪当大任，能成大事。”

唬得我是一头的雾水。请教其姓名，答：“邹高德（音）”。我告诉他：我马上到中国道教学院来。

出门坐大巴，再换的士，不久，我这一身臭皮囊，即在白云观正门前矣。

到大门，与门卫一说来由，小伙子很热情，让我到传达室去打个招呼。

到了传达室，隔着传达室的玻璃朝里一看，一个约五六十岁的大姐，穿着一身棉衣，窝在椅子中。我一脸笑，说：

“大姐，我想去中国道教学院，找邹高德老师。”

人与人之间，尊重不可少。只是一笑、一句礼貌的话，传达室里的大姐早已是笑容可掬、任我进出白云观了。

进大门，上石桥，只见两个姑娘正在那儿扔钢镚，一元的那种，看谁能砸到桥下的那面鼓。据说，砸中了，就能发大财、升高官，嫁好人、娶好媳妇、生好孩子……反正一句话，就能赢来好运气！砸不中吗？嘀嘀，没关系，再多买几个钢镚，砸中了为止。

过桥，靠左而行，路旁冒出一座财神殿。想不到，天子脚下就有一个财神庙，真是得来全不费工夫！这儿所供的财神，究竟是谁呢？没心思看，只往里扫了一眼，觉得应该是“关公”。

“一会儿，我该怎么向他说出家、当道士的事呢？”

这么想着，径直往里走，过了“铜奔马”，就到了“邹高德”老师所说的“退居楼”——中国道教学院的办公楼。

我和你原先曾到过这里，还在后面的花栏上小坐过。只是当时我们并不知道：这里就是中国道教学院。

才敲了几下门，“邹高德”老师已然听见声音，从另一个竹帘掩盖的房间里出来了，他边掀竹帘边问：“是徐而缓吗？”

我忙回答：“是是是！！！”一边上去与他握手。

“邹老师”笑着看我：

“没想到你来得这么快！”

说着话，已经到了他的办公室门前。“邹老师”一掀竹帘，让我先进去。先伸脑袋后进屋，嘀嘀，一鼻子的墨汁香，定睛一看：原来，正对门的书案上铺着宣张，从左往右写着“室中福”三个字。“室”“福”二字，墨渍未干，难怪屋子里这么香呢！

这些字，写得端正、有力。没有在家人的那种飘逸，却有出家人的那种“天行健，君子自强不息”的坚强劲儿。我们的谈话自然就从“文房四宝”开始。

我说，我是安徽人，我们安徽以文房四宝著称。说着，就将带来的

《徐而缓之游四方》一书献上。“邹老师”忙客气地接下，打开，笑笑：

“你真是一个有心人，还题了字。谢谢谢谢！”

这让我很不好意思。

“邹老师”说：“既然你这么客气，我也送你一本书。”

我忙合掌：“谢谢！谢谢！！！”

“邹老师”告诉我，他的书不轻易送人。因为，他发现许多人的书架上，都放着一些书，但那些书，都是新的，主人从来就没有打开过，更不要说认真品味了。所以，从道家“生”的角度出发，那些书已经“死”了。它们白白地来到这个世上，才刚刚走出门，就夭折了，被浪费了，不能传播，失去了意义，非常可惜。学生者，学“生”也。学“赚钱之道”，学“养生之道”，学“长寿之道”，任何一本书，都有生命，我们要尽可能让它流通起来，让它的生命变得更有意义，更长久。

说着，“邹老师”便准备去什么地方拿书。我要随他一起去，他说：

“没关系，你在这儿，我一会就来。”说着，将一杯茶递给我，自己一掀窗帘，出去了。

“邹老师”的这个“生”字，击中了我：

“他一个出家人，这么重视‘生’，我为什么突然看淡‘生’了呢？‘生’，有什么不好吗？生，看不到知音；死，就能看到知音吗？如果死了，我们还是看不到知音，我该怎么办呢？看来，生，是一个问题。”

几分钟后，“邹老师”回来了，手中拿一个牛皮纸的大信封。他绕到办公桌上，拿笔给我提签。我赶紧跟着过去，看他写：

“请徐先生指正！东航。二〇〇八年十二月九日于京华。”

想不到，“邹老师”钢笔字也写得这么好。我问他为什么写“东航”二字，他说，不适宜写在家时的名字，“东航道人”是他现在的名号。

捧起《轻叩众妙之门——老子〈道德经〉新得》，这是一本厚厚的大书，仔细看看作者名字，封面上赫然印着“周高德”几个字——这才发现自己闹了一个笑话：周老师系湖北人，他的发音不怎么标准，将“周”音发成了“邹”，嗬嗬！整整一个上午，我都将他当成了“邹高德”！这才想起自己题在《徐而缓之游四方》扉页上的“邹高德先生大雅”，是犯了个巨大的错误。忙站起来，想讨要回来，以便更正。

周老师制止了我：

“不用不用，请坐请坐。”

我还是一脸的红，一脸的不自然。周老师就说：

“道可道，非常道；名可名，非常名。我的名字，其实，就是个符号。就像天地间的那些汉字一样，你把它规定成哪个字，它就是哪个字。”

我被他说得想起一件往事来。想到哪，说到哪，这是我一贯的风格。于是，就将两年前，在安徽三祖寺的所见所闻，说给周老师听：

“您说的这个理儿，两年前，我在家乡也听一个和尚说过。那一回，我们去三祖寺，那是安徽安庆一座著名的佛教寺庙。与我同行的有天风法师、王红卫等人。天风法师有着一肚子的学问，堪称‘善知识’。当时，三祖寺的住持宏行法师仙逝不久，新的住持还没有来，于是，我们就与三祖寺的一个老和尚聊了起来。临别前，有人提出，要与老和尚合影留念。想不到，那个削瘦、老弱的和尚，竟然说了一番话，让我对他刮目相看！你猜他说的什么？”我笑一笑，接着说：

“他说：‘我可以与你们合影、照相。问题是，我是一个出家人。你们照下来的那个相，是我吗？不是。不是我吗？却又是我。所以，这张相，照与不照，实在是一个意思。’佛家的真谛，被他说得那么浅显，那么通俗，真的是非常了不起！我是到了无锡灵山大佛，见了无相法师后，才知道‘有相无相’一说的。而我家乡的这个山野小庙，竟然藏有这样的高僧。

说到这儿，我看了看周老师，发现他的脸上，也带着笑。我就知道我的语言，已经很巧妙地“拍到了他的马屁上”（没有污辱周老师的意思）。同时，我也非常高兴，在中国道教学院，我所碰到的这个大我不了几岁的周高德道长，竟然也能将一切“浮名”，看得如此之轻。这说明，我们中国五千年文化的气，已经得到了很好的传承。中国道教、中国道教学院，真是人才济济呀！

周老师与我谈论的话题很多，最后，我们将话题集中在“中国财神”上面。令人惊奇的是，他竟然知道财神赵公明，是先秦时人！他竟然知道范蠡就是陶朱公。我说，范蠡是“儒商”所尊奉的财神。他说，不对吧？可以说，范蠡一生，是按《道德经》成功生活的典范，在《道德经》第九章中，有这样的名句：“持而盈之，不如其已；揣而锐之，不可长保。金玉满堂，莫之能守；富贵而骄，自遗其咎。功遂身退，天之道也。”

背完了，周老师接着说：“范蠡应该是中国道教中人，应该是中国道教神统里的财神爷。”说完了这话，很快又从抽屉里找出2008年《中国道教》第4期，找出其中刘绍明写的《财神范蠡考》，将其中的文字指给我看。果真如他所说的那样，早在东汉时期，人们就认为“老子”是“范蠡”，从那个年代开始，“老子”就已经是“天下第一”了。

呵呵，想不到，“老子天下第一”竟然是这个渊源……

想不到，此行还有这样的收获。

当我们谈到老百姓的日子时，周老师就让我翻到《道德经》的第八十章，他说，其中有“甘其食，美其服，安其居，乐其俗”的句子，并说，这是理想中的生活境界；当我们谈到生意经的“一生十，十生百，百生千，千生万”时，他告诉我《道德经》第四十二章中说：“道生一，一生二，二生三，三生万物。”当我们谈到人生在世的几个弱点时，周老师说，人生应该有四个弱点，即《道德经》第二十二章和第二十四章中所提及的“自见、自是、自伐、自矜”，并说，只有做到了“不自见”，才能“明”；“不自是”，才能“彰”；“不自伐”，才能有功；“不自矜”，才能长远、恒久。

唉，这个比我年龄大不了多少的道兄，竟然句句说到了我的心病。

所谓“曲则全，枉则直，洼则盈，敝则新，少则得，多则惑。”你呀你，我呀我，我们是“惑”在哪儿了呢？我的“惑”我当然知道；但你的“惑”，到底是“惑”在哪儿了呢？

周老师告诉我人生在世的两大秘诀，即四个字：“守拙”“处下”。

他一说出来，我就明白了，也就记下了。他接着说：“送你两句话，应该对你很有用：与下级相处，放下架子，处低，他们会觉得你与他们打成了一片，这样，他们愿意与你平等相处；与平级相处，抬高他们，仰视他们，让自己处于下级的位置，让他们小看你，这对你更有利；与上级相处，服从而不盲从，只要真正做到了与他们真诚相对，你这一生，自然会左右逢源，万事大吉。”

我便问周老师：“您为什么会对《道德经》如此痴迷呢？”

他说：“读了人间很多书，读来读去，最后发现，所有的道理，《道德经》里都已经有了。我原先也不知道这个道理，是我的老师任法融道长告诉我的，《道德经》早已堪破世间万事万物。”

我便问他：“任法融是谁？”

他说：“是现任中国道教协会会长。”

“任会长常住北京吗？”

“不。他在白云观住得少，在西安周至楼观台住得多。对了，他是中国当代唯一一个为《道德经》作注的人。他对《道德经》的理解，要比我深刻很多。”

“是吗？天下还有比你更精通《道德经》的人？”

从此，“任法融道长”几个字就深深地烙在我脑子里了。

见有人来替周老师房间里面修电话线，我便告辞。周老师送我出门，我以为，他送出房门也就罢了，谁知，他竟然将我送出了白云观的正门，才一拱手，让我回去。

上了出租车，才发现，不知不觉，时间已经从我上午来的十点三十分，到了下午四点。这其间，除了喝茶，上了两趟厕所小便，我竟然没有感觉一点饿。要知道，那一天，我连早餐都没吃……

我与周老师约定：以后，我们要一起做善事；以后，我们写书，要按照老百姓的生活要求，写得更通俗、易懂、好看一些。

看来，这白云观，我还要来。

有了这些缘由，我的终南山之行，也就成了一种必然。

（3）转

山不转，水转；水不转，人转。等到人不转的时候，心还会转的。所以，俗话说：菩萨有脚不走路，铜钱无腿走千家。

我是一个乐于游山玩水的人。为了旅行，我曾与你一起，花光了身上所有的钱，目的，只是为了赢得知音、赢得你的一笑，赢得我们精神境界里的春暖花开。

2007年1月3日，我们从河南少林寺出发，来到洛阳；然后，从洛阳乘飞机到西安。在西安，我们一待就是三天。

陕西值得旅游的景点，大致有四：一曰拜访轩辕始祖；二曰欣赏秦俑军阵；三曰观光圣地延安；四曰饱览华山险峻。

那一次，我们参观了秦始皇兵马俑博物馆，和临潼华清池。等我准备攀登华山的时候，你说身体不舒服，以后再去玩吧。于是，我们便转回了北京。

回北京时，我还在习惯性地思考问题：华山在那儿，西安也在那儿，它们，总在那儿等着我们。可是，事物总在变，人生也在变。华山也好，西安也罢，它们虽然在那儿，但是，它们在等谁呢？等我？等你？等风霜雨雪？不不不！它们谁也不等，它们只是它们，它们有它们的内核，谁也进入不了真实的它们，就像我，就像你，就像我们曾经相互拥有过吗？不不不！我们谁也不曾真正拥有过谁……

2009年1月8日，因为天风法师的缘故，我再次来到西安。

时隔两年，时光飞逝，昭光流转，你却不在，物是人非。西安还是那个西安，你却心灯已灭……这世界上，大是大非，大功大过，更迭的是人事，不改的是流水与江山。除了这些，江上的过客，谁能传之久长呢？难怪苏东坡要说：

“江上贾客莫轻狂，小姑昨夜嫁彭郎。”

彭郎已娶，小姑已嫁，这与“长安变成西京”“钟山变成南京”“北平变成北京”又有什么不同呢？

但我生来就与众不同。人之所奇，我不为奇；人之所宝，我必不尊。反映到旅游上，尤其如此：人人都喜欢去的地方，我偏懒得去。因为，去的人一多，观景就不成为观景，就成了观人，为什么要花那么多的钱，跑那么远的路，吃那么多的苦，劳那么多的力，到一个地方去看许多人的脑袋、脚后跟呢？我为什么不另类一点，到一个人迹罕至的偏僻之地，去享受只属于自己的良辰美景、清新空气、山珍海味呢？我不喜欢扎堆，也不愿意扎堆，我所能做到的，是先看一两天地图，选择好路线和地点，然后，背起行囊，出发。

在中国的名山大川里，数得上名的，有黄山——因为，黄山归来不看岳；有五岳——因为，五岳归来不看山；有青城山、峨眉山、九华山、五台山、武当山、武夷山、天柱山、龙虎山，还有四姑娘山、贡嘎山、喀喇昆仑山、喜马拉雅山，等等等等。数过来，数过去，您肯定数不到终南山头上。因为，即便是在西安市，一旦问起“终南山怎么走”，许多人都回答不上来——虽然，从西安市出发，到终南山才不过50公里的路程。

历史上大名鼎鼎的终南山，而今，几乎成了一座无人问津的山，一座门可罗雀的山。这又是为什么呢？

2009年1月10日，我开始一访终南山。陪同我们的是陕西朋友于洪涛，及导游X。

那一天，阳光普照，但山上山下两重天。下午，西安城里温度为零下3摄氏度；晚上，等我们抵达终南山净业寺的时候，山上的温度为零下10摄氏度。

进山的公路像一条猪大肠，弯弯曲曲，曲曲弯弯。走不了200米，柏油路上就会出现一段裸路：一颗颗拳头大的石头，露出上半身，按四方形规规矩矩地铺陈在路基上，成了路基上的“固定防滑链”。

在山路上行走，这些防滑措施是必不可少的。细节决定成败，有多少山区公路，因为没有科学的防滑、防冰、防水、防雪的措施，而致车毁人亡？这个数字，我说不上来；能说得上来的人，只有你。但是，你，不在我身边。你说：就是在你身边，我也不能说，因为，我一说出来，肯定要把你吓死！要是把你吓死了，我可怎么办？所以，我敢说：没有人知道那个数字——那是一个黑色的数字，像一个黑寡妇。

小时候，我很喜欢朗诵李白的《望庐山瀑布》。因为，诗中的“飞流直下三千尺，疑是银河落九天”，具有中国国画特有的美感。这是一种难得一见的、动态的美。在没有电视、没有电脑、没有FLASH的古代，这种动态的美，是人工营造不出来的。只有大自然的鬼斧神工，才能“飞流直下三千尺”，给一代代中国文人送去盛夏凉爽的水雾。

文似看山不喜平。所以，中国文人特别讲究，也很善于营造意境。瞧，那么高的山上，突然掉下来一挂白练似的瀑布，既有颜色，又有声音，还是运动的，多么有质感，多么美！但这种美到了终南山，就成了另外一种美：白练还是那个白练，飞流还是那个飞流，还是那个“直下三千尺”，不同的是，这儿的“三千尺”不是运动的，而是静止的，它结成了冰。虽然结成了冰，但它并没有死，还是活着的，还在喘着气，依然保持着奔腾的姿态、飞流的架势，像是被功夫片里的武林高手点了穴。它静静地悬挂在那里，等着风吹，等着光照，等着春姑娘来替自己梳理、开化这一绺白发。可是，春姑娘在哪里呢？春姑娘还在太平洋群岛上空游荡，离终南山还很遥远，她那把神奇的大梳子，一时半会儿还伸不到这边，她还无法替终南山的瀑布解开哑穴。这个冬天，以及明年早春，这儿的瀑布还只能保持着这种静止着流动、凝固着跳跃的姿势，陪我们照相，看我们欢

歌，看着风景中的伊人踮起脚尖双手勾着他的颈儿，用她那圈暖暖的红唇轻嘬他的舌尖，而这儿的冰瀑却只能一声不响、一动不动，静静地等待着那个春暖花开、冰雪消融的日子。

因为，现在，是它的无声期；因为，声音，还冻结在它的肚子里。

风景中的人儿在互吻，而这挂风中的冰瀑，正是终南山伸出的舌头啊！这山，这水，不正是天地间一对永生的恋人么？它们日日夜夜厮守在一起、亲吻在一起。因为天冷，这会儿，它们的舌头，冻在了那里……如此而已！

按照唐代祖咏的说法，终南山是很高的："终南阴岭秀，积雪浮云端。"（《终南望馀雪》）

连积雪都浮在云上面，你敢说终南山不高？

根据我的实地考察，终南山确实很高。不仅高，而且还很险。它的险，体现在山涧的大起大落上，体现在山与山的跨度上。其他的山，山与山的间距很近，而终南山的山与山之间，跨度很大。它们不像亲兄弟挨得那么近，而像敌人，隔得很远。这种"远"，突出了"险"的气势，突出了"险"的魅力。所以我认为：其他的山像慈母，终南山更像一个严肃的父亲。

终南山的冰瀑不只"虎跳峡"这一挂。沿着公路进山，经过观音禅寺，不到两分钟车程，一挂白白的冰瀑，再次映入我们的眼帘。我让司机把车子停下来。下车回望，但只见太阳初起，群峰环绕，山风微微，薄雾皛皛，历史上，那些奔腾不息的流水，流到这个时间、空间的时候，被冰封住了，定格在了那里，成了一道靓丽的风景。

见到这一道冰瀑的时候，导游X高兴得跳了起来！她的小手在寒风里搓捏着，在阳光下，像两只纠缠在一起的透明的红萝卜。

我揉了揉眼睛。

眼前的这个导游、这个女孩，是别人——她不是我的那个你呀！

你，我的那个你，你在哪里呢？用100只燕子能换回1只孔雀么？用100瓶苦醋，能换回1瓶法国干红么？用多少个青春美少女，才能换得回、抵得上我的那个你呢……

轻轻地，关上车门，我让司机驱车继续前行。人生之路，漫漫捱捱，我是一只孤独的老狼，不需要任何伙伴。也许，我天生就是一只苍鹰，命中注定只能孤独地拥有蓝天和白云。或者，我就是那挂瀑布，我还活着，只是被人点了穴，动弹不得，歌唱不得，呻吟不得。我的心脏还在跳跃，我的审美还没有疲劳，我的眼睛还能看到前世今生的事物，我还没有死，你也没有死，我要带着你，用我的眼睛，让你看到更多、更远、更美好的景色——这，是我的责任。到目前为止，我还没有出家，我还是一介儒生。儒家最讲究的是责任，对父母，对妻儿，对社会，对国家……都要讲究这两个字：责任。

走不出滚滚红尘，跳不出生死轮回，我就只有像陈毅元帅所说的那样："铁肩担道义，妙笔著文章。"生为文人，适逢21世纪，我要担当起应负的责任。逃避，不是我的行事风格。

儒家讲责任，道家，讲究的是什么呢？

据北岳恒山王继光先生介绍，"道教"讲究的是"贯柔、谦下、见微、包容"8个字。王继光先生用三十余年的时间研究《易经》，能得出这种见解，实属难得，可供大家参考。

"五岳寻仙不嫌远，一生好入名山游。"这是李白的名句。我虽不是李太白，但是，上恒山，登泰山，访峨眉，问青城，游太湖，涉东海……经过一番历练，我已经形成了自己的人生观。在我看来，中国道教讲究的

大概有6个词，即：

“有德”“善人”“抱一”“守真”“无为”“长寿”。

胸中常有这6个词，我们才有可能真正抵达大男大女的高度，才有可能真正具有超乎寻常的视力，才有可能做到“治大国，若烹小鲜”。

我把我的这种总结，戏称为“六合”。

小时候，我最喜欢听唐新生老师的语文课。他是中国最后一拨教授私塾的先生，我是坐在“文革”之后的教室里，唯一一批有幸聆听老先生讲授国学的小学生。有什么样的先生，就有什么样的学生，这话对着呢。因为唐老师的缘故，我极喜欢王维的诗。唐先生这样教授我们：

“古人评价王维的诗画是：‘吾观摩诘之诗，诗中有画；观摩诘之画，画中有诗。’王维的诗，非常讲究意境。我用八个字来概括王维的作品，即：诗中有画，画中有诗。”

王维晚年，号辋川居士。辋川，是终南山的一个所在。王维在那儿置了一个别业。他还写了首《终南别业》，让人好生羡慕他的人生中年：

中岁颇好道，晚家南山陲。兴来每独往，胜事空自知。
行到水穷处，坐看云起时。偶然值林叟，谈笑无还期。

王维写这首诗的时候，大约在四十岁左右。据《旧唐书·王维传》记载：“（王）维兄弟俱奉佛，居常蔬食，不茹荤血。晚年长斋，不衣文彩。”

综合上面两个证据，说明王维“好道”“奉佛”，二者兼修，是不争的事实。

用清代吴乔的话来形容诗人王维，可以说是："文，则炊而为饭；诗，则酿而为酒也。"（《围炉夜话》）

看看王维，想想自己，我这一生，又何尝不是以文当饭、以诗当酒？所以，行文至此，恰如遇上故交旧友，有必要多述几笔。

王维隐居终南山，堪称唐朝终南山的一大高人。在《山中与裴秀才迪》的信中，王维说：

"足下方温经，猥不敢相烦。辄便往山中，憩感兴寺，与山僧饭讫而去。北涉玄灞，清月映郭；夜登华子冈，辋水沦涟，与月上下。寒山远火，明灭林外；深巷寒犬，吠声如豹；村墟夜舂，复与疏钟相间。此时独坐，僮仆静默，多思曩昔携手赋诗，步仄径、登清流也。"

看看！人家的小日子过得是多么畅意、自在！静有静的好处，幽有幽的妙处，难怪人家能写出"月出惊山鸟，时鸣春涧中"这样的句子！

王维在终南山的隐居之地，叫"辋川庄"，位于今陕西蓝田终南山中。他曾写过一首《积雨辋川庄作》，诗云：

积雨空林烟火迟，蒸藜炊黍饷东菑。漠漠水田飞白鹭，阴阴夏木啭黄鹂。

山中习静观朝槿，松下清斋折露葵。野老与人争席罢，海鸥何事更相疑？

王维替我们营造出了一个物我相惬、情景交融的意境。同时，诗人自己也非常满意过这种幽雅清淡、恬静优美的禅寂生活。

唐人李肇，见李嘉祐诗集中有"水田飞白鹭，夏木啭黄鹂"的句子，便讥笑王维"好取人文章嘉句"。其实，李嘉祐与王维生活在同一个时

代，而且，其出生年代要比王维稍晚一些。究竟是谁袭用谁的句子，我看，还很难说。

不过，宋代叶梦得在《石林诗话》中发表评论："此两句好处，正在添'漠漠'、'阴阴'四字。此乃王摩诘为嘉祐点化，以自见其妙。如李光弼将郭子仪军，一号令之，精彩数倍。"

王维的诗，加了"漠漠""阴阴"四个字，比起李嘉祐的诗句，就具有了纵深感、画面感。非如此这般，不能渲染出终南山积雨天气空蒙迷茫的色调和气氛。所以，从艺术角度上来说，两者的诗句，高下已判。

我对终南山的了解，应该源自王维。是他，让我知道天地之间还有一个终南山。当我还在小学读书的时候，就学过王维的《山居秋暝》，直到今天，我依然能够背诵得出来："空山新雨后，天气晚来秋。明月松间照，清泉石上流。竹喧归浣女，莲动下渔舟。随意春芳歇，王孙自可留。"

回头想想，我们的《语文》编纂者们，应该是对"王维"情有独钟。是他们将王维的诗，纳入了我们的学习课程，使我们有机会学习王维、了解王维、深入王维，用一种亦诗亦画的眼睛，去看待世界、发现世界、审美世界。

王维教我们这样看世界：

竹里馆

独坐幽篁里，弹琴复长啸。
深林人不知，明月来相照。

鸟鸣涧

人闲桂花落，夜静春山空。

月出惊山鸟，时鸣春涧中。

相思

红豆生南国，春来发几枝？
愿君多采撷，此物最相思。

白石滩

清浅白石滩，绿蒲向堪把。
家住水东西，浣纱明月下。

山中

荆溪白石出，天寒红叶稀。
山路元无雨，空翠湿人衣。

终南山

太乙近天都，连山接海隅。
白云回望合，青霭入看无。
分野中峰变，阴晴众壑殊。
欲投人迹宿，隔水问樵夫。

送元二使安西

渭城朝雨浥轻尘，客舍青青柳色新。
劝君更尽一杯酒，西出阳关无故人。

桃园行

渔舟逐水爱山春，两岸桃花夹去津。
坐看红树不知远，行尽青溪不见人。
……
当时只记入山深，青溪几度到云林。
春来遍是桃花水，不辨仙源何处寻？

仔细品味上面这些诗，不难发现：王维有着一颗大爱的心。看来，自古以来，爱山爱水爱美人的，不只我一个，王维也算一个啊！

其实，终南山，不仅是王维、徐而缓的，也是李太白的。

李白一生写了很多诗。梦寐以求一官半职施展自己政治才华的李白，怀揣着理想，背负着青云之志，来到国都长安，通过唐玄宗的妹妹、其时已经出家做了道姑的玉真公主，与唐玄宗取得了联系，并得到了唐玄宗的召见，被特许为“同翰林学士”出身。平生不愿参加任何考试的李白，就这样博得了“御前行走”的资格，成为万世瞩目、群众爱戴的一代“诗仙”“谪仙人”。

李白曾写过一首《下终南山过斛斯山人宿置酒》：

暮从碧山下，山月随人归。
却顾所来径，苍苍横翠微。
相携及田家，童稚开荆扉。
绿竹入幽径，青萝指行衣。
欢言得所憩，美酒聊共挥。

长歌吟松风，曲尽河星稀。
我醉君复乐，陶然共忘机。

“酒鬼”李白的这首诗，写得像数萝卜下窖，是典型的一套流水账，没有什么新意。如果不是最后一句“我醉君复乐，陶然共忘机”，还带有一点太白遗风，其他的句子，我们不妨认为是任何朝代某位诗人的平庸之作。

所以，伟大的诗人，并非每首诗都是上乘之作。同理，一个平凡的人，偶尔也能创作出伟大的作品。

那一天，我们上净业寺。之所以要说“上”，是因为净业寺不是建在马路边上，而是建在距马路十五华里左右的大山里。一路苦行，但只见石头阙阙，石条凌凌，前路漫漫。古人“林表明霁色，城中独暮寒”的句子，在今天的终南山，真算得上是一个“虚假广告”。因为，比起江南的山，终南山上的树，明显少了很多。

沿台阶而上，导游X的汗水，已经湿到了她的脸上；踏石条而上，于洪涛的喘气声，已经传到了所有游客的耳朵中。于是，我招呼大家停下来，休息片刻。我们分坐在石条的一侧，留下中间的过道，让其他人行走。见一男一女手牵手上山，我便笑着说：

“此山是我开，此树是我栽。要从此地过，留下买路财。”

导游便笑：

“没见过像你这么斯文的强盗，手上连根树枝都不拿，你能抢什么回去呀？”

那一对游客也跟着笑。那个女的也很幽默，冲着她老公说：

“真不巧，今天没带钱在身上。”说完了，改冲着导游说：

“卫生纸，你们要吗？”

说着，将手中用来擦汗的卫生纸舞了舞。导游便笑：

“卫生纸？不要不要，不过，没钱，矿泉水也行。我们渴了，矿泉水，有吗？给我们来两瓶！”

我便跟着乐：

“你还真讲究！这大老远的，不仅你我渴了，他们也会渴了！如果我们手上有水，说不准，你们会变成强盗，要抢我们的水呢！”

说完，便相对大笑了起来。笑完了，那夫妇俩也不停歇，径从我们身边走了过去。等我们起身正准备走的时候，却发现那对夫妇已经照原路折回来了。

“为什么不再往上走呢？”我问他们。

“前面挂着‘游客止步，非请莫入’的牌子。”

“哦，原来这样。”

我便倒吸了一口凉气：这其貌不扬的终南山，这庙小人稀的净业寺，能挂出这样的标语，说明真有高人隐居——难怪，天风兄要在这里削发为僧了。

我可不受这些文字的约束。凡尘如烟，心净如天，看来，这净业寺，会给我留下点什么！

我常常留恋这人间，却又害怕这人间。用杜拉斯的话说：“怕什么，我不知道……既怕死去，又怕活着，怕活着活着哪一天死了，因为老惦记着哪一天会死而害怕，还怕可能会来不及……怕永远都忘不了。”

而四川才女、“在场主义”优秀女作家“风吹阑叶”的境界更高，她说：

“我只怕以后，什么也不值得记起。”

虽然只是淡淡的几个字，这位川籍女作家已经让我刮目相看。

此时的我，将这位“风吹阑叶”，视为知己。因为，在我的生命时空舞台上，真有意义、有价值的记忆，实在不多。

我这一生，爱诗歌，爱散文，更爱美女。我的老妈妈，以及我的女人、姐姐、妹妹、侄女、同事……她们，都是美女。女人如花，一朵朵地开过，她们或如茉莉，开单单的一瓣；或如玫瑰，一年四季，层层叠叠地开；有的如芍药，花开富贵，只为君子，不为小人；有的如红梅，只在枝头，握着拳头，笑对春风。有几个女人，能像沈昭华那样，穿一件桌布做的披肩、用烧过的火柴黑头画眉，为了心爱的人去赴一场生离死别的精神盛宴呢？

世界上从来就没有唾手可得的爱情，江南油菜花的田亩间，只能跑着幸福的狗。而我们人类，特别是像你我这样号称非爱不娶，非爱不嫁，非烂了骨头、蚀了肉身不会忘记的“精神皇族”，既不会去嫖娼宿柳，也绝对拒绝进入一场没有爱情的婚姻。那些寄宿人世的和尚、深埋雪山的道士们，就是这样一种非常群体。

在净业寺二楼的方丈室，我看到了赵朴初、王志远诸位大德编的一本大书：《中国佛教两千年》。

这是迄今为止我所见过的最大一本书：它的单页足有报纸般大小，印刷得厚实，而且非常精美。我打开来看了看，又很小心，很谨慎地合上那层厚厚的、猩红的封皮，恭敬地退后，合掌膜拜：其时，一轮明月，从东山上升起来，映照在这本精神大书上，普照在临窗供奉那本大书的案桌上……

今夜，明月何皎皎啊！

（4）合

欧洲有一座重要的山，叫奥林匹斯山——山上的神灵，被称为“奥林匹斯神统”，像著名的太阳神阿波罗、火神赫淮斯托斯、大地女神该亚、艺术女神缪斯、彩虹女神伊里斯、爱神阿佛洛狄忒等，都属于奥林匹斯神统。

在我们中国，也有这样一座山——终南山。终南山是“东方的奥林匹斯山”。如果说在我们中国也有一个“神统”，我想，这个神统应该叫“终南山神统”。因为，《封神榜》《封神演义》里的太上老君、姜子牙、雷震子、赵公明，都属于终南山道教神统。在东方神话王国里，终南山的地位，只有安徽的天柱山，才能与它有得一比。

神话终归神话，故事终归故事。现实生活中的终南山，是长江、黄河的分水岭：山南为长江，山北为黄河。南北文化，在这儿交流；而来自太平洋的潮湿性气流，与来自印度洋的亚热带季风，在秦岭交汇，因此，千百年来，受这两种气流的影响，秦岭便成了天然的动植物基因库。作为秦岭的主峰，终南山更是得天地之便利，占历史之先机，成为商朝、东周、西周，先秦，东汉、西汉、唐朝等诸多朝代的帝王山。

中华民族始祖轩辕，出自秦岭，出自终南山。

周文王在终南山推周易，演八卦，终南山成为中国道教的发源地，著名的“阴阳双鱼”图腾，也与终南山有着千丝万缕的关联。

老子骑青牛，西出函谷关，走的正是终南山。

说到这儿，有一个人，不能不提——他就是关令尹喜。

见紫气东来，尹喜知道大道已成，有圣人将从自己的关隘通过。为了留下人类历史上最为宝贵的知识、财富，尹喜利用手中掌握的权利，做了一回既利自己，又利别人的大好事：他将老子留下来，供他吃住，请他在自己家中写下了洋洋洒洒五千言——这就是中国历史上极负盛名的《道德经》。

凭借这篇著作，老子成为中国道教的开山鼻祖，成为古今中外最有名的哲学家与思想家之一。

在《道德经》第四十二章中，老子写道："道生一，一生二，二生三，三生万物。万物负阴而抱阳，冲气以为和。"在他看来，"治大国，若烹小鲜"；"兵者不祥之器，非君子之器，不得已而用之"；"天地不仁，以万物为刍狗；圣人不仁，以百姓为刍狗"；"上善若水。水善利万物而不争"；"大音希声；大象无形；道隐无名。夫唯道，善贷且成"……

《道德经》里有中国最早的一副对联：

道生一，一生二，二生三，三生万物；
人法地，地法天，天法道，道法自然。

《道德经》第46章中的这段话，值得重视："知者不言，言者不知。塞其兑，闭其门；挫其锐，解其纷；和其光，同其尘，是谓玄同。故不可得而亲，不可得而疏；不可得而利，不可得而害；不可得而贵，不可得而贱；故为天下贵。"这是《道德经》中容易被人们忽略了的一段话，而且，也的确被人们忽略了。我们常说"上善若水"，老子讲水善利万物而不争，这些句子都非常精辟，但除了"水"，《道德经》还讲了"金木火土"。而这一段话中，主要讲的是金木火土。其中，"挫其锐"是金，"解其纷"是木；"和其光"是火，"同其尘"是土。再加上"上善若水"的水，老子的"五星说"才圆满了。否则，我们理解《道德经》就是不全面的。

老庄哲学，质朴而实用，宽泛而持久，成为上下五千年无数文人政客的思想武器。

我常听人说："半部《论语》治天下。"《论语》有多少字，恐怕我们一时还无法数得清；而《道德经》全部加起来，才五千字。即便是儒家的代表人物孔子，面对老子，也自然而然地发出了"朝闻道，夕死可矣"的感叹。话已至此，孰轻孰重，一目了然。

而中国历史上，上溯汉武帝刘彻、唐太宗李世民，近到眼前，无不是以《道德经》为蓝本，大倡"以德治国""和谐之道"，赢得了天下人心。习近平总书记非常重视中华优秀传统文化，善于向古人借智慧，经常"适当地引经据典"来阐明透彻的思想。他所引用过的古典名句，对我们的工作、生活、学习，均有参考价值。

习近平总书记对《道德经》研究得非常深入和透彻，在《之江新语·主仆关系不容颠倒》中，他引用了"圣人无常心，以百姓之心为心""圣人以民心为己心，不私心自用，无所厚薄。德莫高于爱民，行莫贱于害民"；2008年5月27日，在《领导干部要认认真真学习、老老实实做人、干干净净干事》的讲话中，他引用了老子的"祸莫大于不知足，咎莫大于欲得，故知足之足常足也"；2013年1月22日，在中央纪委第二次全体会议上的讲话《科学有效防治腐败把反腐倡廉引向深入》一文中，习近平总书记引用了老子的"吾有三宝，一曰慈，二曰俭，三曰不敢为天下先"；2013年3月19日，在接受金砖国家媒体联合采访时，习近平同志引用了老子的名言"治大国若烹小鲜"；同年6月18日《在党的群众教育实践活动工作会议上的讲话》中，习近平引用了《道德经》第29章中的"是以圣人去甚、去奢、去泰"，同时还引用了《道德经》第64章中的"为之于未有，治之于未乱"；2014年3月27日《在中法建交五十周年纪念大会上的讲话》中，习近平引用《道德经》第64章上的"合抱之木，生于毫末；九层之台，起于累土”； 2014年4月1日，习近平在比利时布鲁日欧洲学院的演讲中，引用老子的话说“图难于其易，为大于其细。天下难事，必作于易；天下大事，必作于细。”在南太平洋岛国，习近平引用了“既以为人，己愈有；既以与人，己愈多”。指出尽力照顾别人，自己也更为充足；尽力给予别人，自己也将更为丰富，实际上是中国对“正确义利观”的又一诠释。

而终南山，是一座与老子、《道德经》有关的山。

随着朝代的变更、京都的改移，经过近千年的沉寂，终南山已经渐渐淡出人们的视线。

正因为有了这种“淡出”，才有了我这一次的“淡入”。

临别前，天风法师引我去看他的睡榻。睡榻在三层，是净业寺禅堂最高的建筑了——那儿住着天风法师，和几条藏獒。狗眼看人低，见我三年没吃狗肉，那些藏獒便冲我凶狠地叫。我连浊女的谩骂都可以不管了，你们这几条狗，又能拿我怎样呢？呵呵一笑，我将一泡尿，尿在“明月松间照”的终南山山顶上。

我不知道这次上终南山的目的是什么？或者，我上终南山来，根本就没有什么目的。一个凡尘中人，来打扰他们出家人的清净，已属不该——我还能奢求他们什么呢？实际上，应该是他们有求于我才对呀。或者，我来了，他们的心便动了，便似有求于我；我去了，他们的尘心便关了起来，他们又能“明镜亦非台”了。

吃完本如法师为我们准备的面条，品了点他们自己酿制的米酒（百年葡萄老根浸泡），我们告辞下山。天风法师跟在我们身后。身后，是一山、一夜空的狗叫——用王维的话说，是“吠声如豹”啊。抬头看天，只见明月皎皎，星星稀稀朗朗；俯首看地，只见一地的银晖，石头台阶叠叠

相衔。山风轻轻，有鸟儿飞过头顶，我听见它们翅膀振动的声音。

看着这山中的明月，听着耳畔的狗叫，蓦地，我想到了“嘀嘀”和“嗒嗒”，想到了背井离乡，想到了李白。

严格意义上来说，李白是一个道士。李白的许多诗作，都是能唱的。我很喜欢他的《惜馀春赋》：

天之何为，令北斗而知春兮，回指于东方？水荡漾兮碧色，兰蕨蕤分芳。试登高而望远，极云海之微茫。魂一去兮欲断，泪流颊兮成行。吟清枫而咏沧浪，怀洞庭兮悲潇湘。何余心之缥缈兮，与春风而飘扬。飘扬兮思无垠，念佳期兮莫展。平原萋兮绮色，爱芳草兮如剪。惜馀春之将阑，每为恨兮不浅。

汉之曲兮江之潭，把瑶草兮思何堪。想游女于岘北，愁帝子于湘南。恨无极兮心氲氲，目眇眇兮忧纷纷。披卫情于淇水，结楚梦于阳云。春每归兮花开，花已阑兮春改。叹长河之流春，送驰波于东海。春不留兮时已失，老衰飒兮逾疾。恨不得挂长绳于青天，系此西飞之白日。

若有人兮情相亲，去南国兮往西秦。见游丝之横路，网春辉以留人。沉吟兮哀歌，踯躅兮伤别。送行子之将远，看征鸿之稍灭。醉愁心于垂杨，随柔条以纠结。望夫君兮咨嗟，横涕泪兮怨春华。遥寄影于明月，送夫君于天涯。”

当年，李白还写过一首《京乡送韦八之西京》：

客从长安来，还归长安去。狂风吹我心，西挂咸阳树。

此情不可道，此别何时遇？望望不见君，连山起烟雾。

现在，我也是从长安来，还是往长安去，眼之所及，也是“连山起烟雾”，而送我下山的，不是李太白，而是释天风。在我的眼里，天风与李白是同一个人。

说到送别，李白有一首《灞陵行·送别》，加上上面的两首，我们不妨将其称为李白“三送”吧：

送君灞陵亭，灞水流浩浩。
上有无花之古树，下有伤心之春草。
我向秦人问路岐，云是王粲南登之古道。
古道连绵走西京，紫阙落日浮云生。
正当今夕断肠处，骊歌愁绝不忍听。

是什么让李白“断肠”“不忍听”呢？是这殿前大树上的鸟巢？是那黑阙阙的群山？是那南来北往的古道？还是那今天、昨天、明天，年年岁岁照耀着我们的一轮明月？

我不知道。

但有一点，我心里非常清楚：此行，没有遇上任法融道长。

终南山，我走了。

终南山，我什么时候离开过她吗？

呵呵，我不知道，她也不知道。

梅花·梅城·黄梅戏

父亲工作的地方，有一个很好听的名字，叫梅城。

“为什么叫梅城呢？”

我问父亲。

父亲笑着告诉我：

“因为，那儿有一片梅林！”

“梅林？！”

“是啊，梅林。那些梅树上结的梅子，一个个都酸酸的，又红又胖！一些喜鹊，因为偷吃了那些树上结的梅子，酸得连翅膀也举不起来了！”

“酸得翅膀也举不起来了！”父亲的话，像烙铁一样，深深地烙在了我的心上。我沉浸在父亲所说的梅子的酸味里，吮舔的舌尖，迅速卷到了上唇。

梅城、梅城，梅城的感觉真好啊！它有一种“酸酸甜甜”的味道。

千千万万株梅树，站立在我的意象里，它们在阳光下摇晃；梅花朵朵，有的大张着五瓣红色，有的还握着花骨朵的嫩拳；更多的已经在用另外一种姿态在欢迎着我的光临——那就是酸酸的梅子！

一转眼，十几年过去了，等我来到父亲工作的“梅城”，我问父亲：

“梅林在哪里呀？”

父亲看看我，问道：

“知道‘望梅止渴’这个成语吗？”

“知道。”

“这是一个真实的故事。这个故事和曹操、和梅城有关。”

父亲的故事，听起来更像一段历史的谎言。我的眼前仿佛出现这样一种场景：

盛夏七月，太阳像一只慢蜗牛，在天空上慢慢爬行。“曹”字大旗歪歪斜斜，因为干渴，有人已经拒绝前进。曹操开始用鞭子抽打坐在地上的士兵，被打的士兵站起来，没走几步，又仄仄着身子歪了下去。曹操伸手揩了揩汗水，他也没有一点办法。曹操朝四周看看——他发现草丛中若有若无藏着一棵梅树。曹操的眼睛一亮！

“告诉大家一个好消息——前面不远，有一座小城，城外有一片梅林。那些梅树那个高呀、那个大呀，我就是比也比不清！树上结满了梅子，杨梅的那个酸哪、那个甜哪……因为这片梅林的缘故，那座城，就叫‘梅城’。十几年前，我来这里的时候，也是这个季节，树上的梅子全熟透了！我正在吃惊的时候，一粒杨梅一不小心就落到我的嘴里，那个酸哟，那个甜哟——真是没法形容！公鸡吃了落到地上的杨梅，酸得不能打鸣；喜鹊偷吃了树上的杨梅，酸得拍不动翅膀！而今，那些梅树想必已经长得更高，结出的果子也更大、更肥、更酸……”

听了曹公的这一番叙述，将士们早已从地上纷纷站了起来，他们口腔里的分泌物正在增加，他们的舌头正在口腔里打着转。

张辽刚才还举不动大刀，这时，他的大刀举起来了。刚才嗓子还哑哑的，发不出声来，这时，却发出了比平时还要粗、还要响的呐喊——

“全体起立，跑步前进！！！”

人们一路小跑起来。

未时，奔跑的某士兵问：“还有多远就是梅林？”

曹操答：“前面不远，就是梅林！”

申时，奔跑喘气的某士兵问：“还有多远就是梅林？”

曹操答：“前面不远，就是梅林！”

酉时，某士兵问：“还有多远就是梅林？”

曹操应：“前面不远，就是梅林……”

黄昏时分，三军抵达皖水，士兵们纷纷扑入河中——喝足了，张辽问曹操：

“曹公，梅林在哪里？”

“在我的脑海里，在我的心里！”

曹阿瞒一笑。他抬起头来看看远方，只见落霞与孤鹜齐飞，皖水共长天一色。几方古塔立在残阳里，斜斜地刺向天空。

从此，“皖城”改名叫做“梅城”。

我已经完全接受了这个真实的谎言。我为梅城有这样美好的历史而自豪。若干年后，我看《世说新语》，才知道，父亲所说的故事，缘自这里：“魏武行役失汲道，军皆渴，乃令曰：‘前有大梅林，饶子，甘酸可以解渴。’士卒闻之，口皆出水，乘此得及前源。”

梅城，与曹操有关；梅城，还与一个叫做“梅花小姐”的姑娘有关。

清代的梅城，石头铺地，竹木做楼。来到坐落于捕厅署后面的“梅花小姐”墓，我闻到了一股苔藓的气息。我只知道属于这块土地的“梅花小姐”生于宋朝，但我并不知道她到底是什么身份。“墓灵祭诚，相继宋明。悠悠舆论，贞烈留名。梅花遗世，千载如生。” 这是乾隆二年，典史金国治和贡生刘维嵩为梅花小姐重新立的墓碑。

这，就是我所要寻访的女子吗？这，就是享誉皖城上千年历史的“梅花小姐”吗？她窗前的明月在哪里？她踏过的小路在哪里？她曾经吟唱过的歌曲在哪里？如果她还活着，她会唱黄梅戏吗？！

会的，她一定会的。

如果她还活着，她很可能就是会画画的“潘张玉良”；

如果她还活着，她很可能就是会唱黄梅戏的马兰、韩再芬！

登上梅城最高点——天宁寨。放目四望，莲花照水，柳条轻风。据史书记载，三国张辽为了防止瘟疫，命令士兵一夜之间，肩挑背扛出了这座“天宁寨”。士兵取土处，也就成了梅城三绝：学湖、南湖和雪湖。

佳境渐能入，还过莲叶东。
鸭头羞水绿，人面映花红。
云引催诗雨，波摇醒酒风。
回首瞻北郭，山色远空濛。

这是潜邑举人刘斯极泛舟南湖时写下的诗句。

荷花还是那样的荷花，风景还是那样的风景，变了的，只是数量，只是面孔。今天，古人正以西装革履、拿着手机的姿势，与我们对白，与时空交流。

“咿子咿子呀喟，呀子咿子哟喟，咿子咿子哟喟，呀子咿子哟——”

山蒙蒙，雨蒙蒙，黄梅阵阵，情韵浓浓。正是这些吹自民间的风，养育了我们一代又一代的安徽人、中国人。

我在舟山东更东

——舟山采风

（1）风吹我衣

预订的是下午4：50分舟山到北京的航班。趁着上午没事，我还是去东海边上逛逛罢！出宾馆，向东而行，见“定海公园”四字，为书法名家沙孟海所题，不禁驻足观看一会。定海公园外，人力车停了一溜，是清一色的蓝顶人力三轮，拉车的基本是年龄在五十岁以上的男人——真是怪了！定海定海，男人靠海，怎么现在变成了“男人靠踩”了？这儿的男人应以捕鱼为业，为什么他们放下渔网，改踩三轮了呢？套用清代作家的话，这算是“40年来中国之怪现象”之一了。

既然已经到了定海公园，就进去看一看吧。入得正门，大门右手边就是一棵壮硕的香樟，青绿绿的，顶芽上冒出一捧捧嫩黄，恰如《红楼梦》中林妹妹的手一般，弱不禁风，却摇曳在海风中了。

胡思乱想着，耳畔京腔阵阵，细听时，发现是典型的男子花脸唱腔。巡声而去，但只见三一群、五一伙，男多女少，公园里还真进了不少人。而人气最旺、圈人最多的，要数拉胡琴的琴师了。这位琴师坐在一把小板凳上，约摸五十岁光景。他的身后摆着一款老式录音机：京剧花脸的声音，就是从录音机里发出来的。这儿分明是越剧的故乡，是糯糯的越剧的地盘嘛！

听不见越剧的声音，却听见京剧的声音，呵呵，舟山人是怎么了？他们的传统文化何在？像那些改拉人力车的“渔民”们一样，他们失去了海；而舟山的文化人，也失去了海文化？

这样想想，不觉心怕，转而又想，我胡乱担心些什么呀？舟山文广新局的邱局长他们不是说了吗，他们每两年举办一次舟山渔歌邀请赛，每年舟山市政府都会主办一些群众性的文化演出活动，如中国舟山群岛渔歌邀请赛、舟山渔民画作品大赛、越剧创作采风活动等，可以说，舟山的文化宣传活动，在全国还算是很有代表性和先进性的。

这么想着，在定海公园里拍了点海洋特色植物的照片，便去大海边上看风景。

叫了辆人力三轮车，老师傅也不欺客，收了五块钱，就继续去拉他的活。

今天的天气很好，阳光明媚。进了定海码头，就只觉得海风阵阵，吹起我的头发，或者钻进我的心襟，让我顿时觉得一股春天的寒冷——有个词叫春寒料峭，看来，这个词儿还挺有道理。拿出相机，拍拍浪，拍拍海港，拍拍近处、远处的轮船、渔船，还没过瘾呢，呵呵，相机就没电啦，还是算了吧，玩是第一位的，照相是第二位的。寄游天地之间，心得在一时，享受在一世，呼吸这海风，恣意这海韵，晒晒这海边的太阳，看看那渔船上随风飘扬的五星红旗，“江山”的美在这儿就不成为“江山的美”，而是海洋的美了。

我们经常谈到“江山社稷”，其实，这个词不准确。因为，其中没有涉及海洋。这个问题，在本届全国人大代表大会上，有些代表已经提出来了，海军代表就曾提出：我们的国土面积，不是所谓960万平方公里，我们还有230万平方公里的海洋面积。蓝色国土是我们伟大祖国不可分割的一部分。21世纪是海洋的世纪。忽略了海洋，我们就会被这个世纪遗忘。所以，一个更应该为我们记起的词是：五湖四海。

而今天，我所到的这个地方，是东海。坐在海边系船的钢缆墩上，阳光耀眼，风吹我衣，只觉得自己是无牵无挂，无忧无虑，不禁自觉四海之滨，闲人如我者，能有几人哉?

（2）鱼哪里的肉最好吃?

舟山民间故事里，有许多反映渔民智慧的故事。今天讲个“鱼哪里最好吃”的段子罢!

一天，皇帝请左、右丞相和兵部尚书三大臣吃饭，见厨子端上一盆鱼来，皇帝便问他们：“鱼哪里的肉最好吃？”左丞相抢先说：

“鱼头最好吃！”

皇帝听了没吱声。右丞相见皇帝对左丞相的说法没认同，就投机取巧地说：

“鱼身子最好吃。”

皇帝仍然不吱声。兵部尚书见皇帝仍不表态，马上接口说：

“鱼尾巴最好吃”。

皇帝听了很生气，说：“你们三个都是我的左右手，连吃条鱼的看法都统一不了，只顾着想讨好我，如果遇到国家大事，你们也这样吗？”一气之下，将他们都打进了天牢。

幸亏军师不糊涂，站出来说：“皇上，为吃一条鱼，伤害三大臣，不合情理；而且他们三人当中总有一个说的是对的，不问青红皂白，一律打入天牢，也不公平。”军师提议去请个老渔民来问问。

于是，皇帝派人去请老渔民。老渔民走到十里亭，左丞相派人在那里等着呢，先送上五两金子，叫他见了皇帝要说鱼头最好吃；老渔民走到五里亭，右丞相派的人等在那里了，也送上五两金子，叫他见了皇帝一定要说鱼身子最好吃；老渔民到了紫禁城门外，兵部尚书也派人等在那里了，又送上五两金子，叫他见了皇帝要说鱼尾巴最好吃。

老渔民也不客气，将礼金一一收下，还答应了他们的全部要求。

老渔民见了皇帝后，说：“吃鱼要看季节，春季里，鱼到处寻食吃，吃得肥头大耳，这时的鱼头最好吃；夏季里，天热气温高，鱼深沉海底，休养生息，养得肚子胖臌臌，这时的鱼身子最好吃；秋季里，鱼要寻找合适场地产卵，东游西游，尾巴活动量大，这时候的鱼尾巴最好吃；到了冬季，鱼经过一年的游弋活动，又刚产过卵，从头到尾都是胖鼓鼓的肉，这时候整条鱼都好吃。”

皇帝听了，觉得有理，奖了老渔民十两金子，赦免了三位大臣。

在这个故事里，老渔民凭借着丰富的渔业知识，和聪明才智，赚了二十五两金子。这个故事还有力讽刺了那些专门讨好上司、见脸色行事的“山寨版大臣们”，也挖苦了封建帝王的昏庸无能。

类似这样的故事，在舟山渔村里还流传着很多。

（3）在中国被击毙的日军将领有哪些？

抗日战争期间，日本侵略者在中国犯下了滔天罪行。自1931年日本侵略军制造“九一八”事变后，东北三省相继沦陷。随之日寇的魔爪就伸向了素有“华东门户”之称的舟山群岛。同年10月18日下午，两艘日本军舰侵入东极等地海面。他们横冲直撞，进行残酷的掠夺。1932年上海“一·二八”事变后，日寇更是野心勃勃，经常派出兵舰到舟山群岛乃至闽浙沿海各港口窥探，并在舟山群岛海面举行军事操演。1937年卢沟桥事变爆发后，日本帝国主义疯狂地发动了全面侵华战争。“八一三”事件后，日本军舰在舟山海域横行，并强行在嵊泗、岱山、普陀山诸岛登陆，构筑工事。他们奸淫烧杀，无恶不作，彻底暴露了侵略者的凶恶嘴脸。

多行不义必自毙。抗日战争期间，在中国被击毙的日军高级将领包括如下多人。

一、被国民革命军击毙的日军级将领有：

1. 林大八，陆军少将，1932/03/01，毙于上海。

2. 仓永辰治，陆军少将，1937/08/29，毙于上海吴淞。

3. 家纳治雄，陆军少将，1937/10/11，毙于上海。

4. 浅野嘉一，陆军少将，1937/11/14，战伤毙命天津。

5. 加藤仁太郎，海军少将，1938/07/31，毙于长江下游。

6. 杵春久藏，陆军少将，1938/08/02，毙于山西运城。

7. 饭冢国五郎，陆军少将，1938/09/03，毙于江西德安。

8. 小笠原数夫，陆航中将，1938/09/04，坐机于湖北孝感被击毁。

10. 饭野贤十，陆军少将，1939/03/22，毙于南昌。

11. 山田喜藏，陆军少将，1939/05/12，毙于湖北大洪山。

12. 田路朝一，陆军中将，1939/06/17，毙于安徽南部。

13. 小林一男，陆军少将，1939/12/21，毙于内蒙古安北。

14. 中村正雄，陆军中将，1939/12/25，毙于广西昆仑关。

15. 秋山静太郎，陆军少将，1940/01/23，毙于山东。

16. 左藤谦，陆军少将，1940/03/02，毙于江西鄱阳湖。

17. 木谷资俊，陆军中将，1940/03/20，毙于江西。

18. 水川伊夫，陆军中将，1940/03/22，毙于内蒙古五原。

19. 前田治，陆军中将，1940/05/23，毙于山西晋城。

20. 藤堂高英，陆军中将，1940/06/03，毙于江西瑞昌。

21. 大冢彪雄，陆军中将，1940/08/05，毙于晋东南。

22. 井山官一，陆军少将，1940/10/16，毙于湖北宜昌。

23. 大角芩生，海军大将，1941/02/05，坐机于广东中山被击毁。

24. 须贺彦次郎，海军中将，1941/02/05，坐机于广东中山被击毁。

25. 上田胜，陆军少将，1941/05/13，毙于山西中条山。

26. 山县业一，陆军中将，1941/12/25，毙于安徽。

27. 酒井直次，陆军中将，1942/05/28，毙于浙江南溪。

28. 塚田攻，陆军大将，1942/12/18，毙于安徽太湖。（这是日军在中国大陆被击毙的最高级将领！）

29. 藤原武，陆军少将，1942/12/18，毙于安徽太湖（与塚田攻同乘一架飞机）。

30. 浅野克己，陆军少将，1943/05，毙于广东东江。

31. 仁科馨，陆军少将，1943/06/01，毙于湖南。

32. 黑川邦辅，陆军少将，1943/06/28，毙于云南。

33. 布上照一，陆军少将，1943/11/23，毙于湖南常德。

34. 中畑护一，陆军少将，1943/11/25，毙于湖南常德。

35. 下川义忠，陆军中将，1944/04/19，毙于湖北应城。

36. 横山武彦，陆军中将，1944/06/11，毙于浙江龙游。

37. 木村千代太，陆军中将，1944/06/11，毙于河南。

38. 和尔基隆，陆军少将，1944/07/21，毙于湖南衡阳。

39. 大桥彦四郎，陆军少将，1944/07/25，毙于湖南长衡会战。

40. 左治直影，陆军少将，1944/07/27，毙于湖北荆州。

41. 志摩源吉，陆军中将，1944/08/06，毙于湖南衡阳。

42. 藏重康美，陆军少将，1944/08/16，毙于云南腾冲。

43. 南野丰重，陆军少将，1944/09/08，毙于云南芒市。

44. 与野山寿，陆军少将，1945/02/09，毙于华中。

45. 山县正乡，海军大将，1945/03/07，毙于浙江椒江。

二、被共产党军队击毙的日军高级将领有：

1. 沼田德重，陆军中将，1939/08/12，被八路军击伤毙命于山东。

2. 阿部规秀，陆军中将，1939/11/07，被八路军毙于河北涞源。

3. 吉川贞佐，陆军少将，1940/05/17，被共产党员刺杀于河南开封。

4. 饭田泰次郎，陆军中将，940/11/28，被八路军毙于华北。

5. 吉川资，陆军少将，1945/05/7，被八路军毙于山东半岛

以下是被认为阵亡，但并没有死亡的日军将领有：

1. 常冈宽治，少将，独立第2旅团长，1938/10/28，山西重伤。

2. 赤鹿里，中将，第13师团长，1943/11/23，常德后任122师团师团长。

3. 滋田赖四郎，中将，1943/11/28，常德。

4. 佐久间为人，中将第68师团长，1944/7/21，衡阳中炮受伤，后任84师团长。

虽阵亡，但缺少明确资料表明追晋的日军将领有：

1. 小原一明，大佐，骑兵第13联队长，1939/12/20，毙于绥远。

2. 长谷川幸造，大佐，第101师团第103联队长，1938/9/29，毙于江西。

3. 清水正一，大佐，第四混成旅团联队长，1938/9/30，毙于山西五台。

缺少详细资料的日军将领有：

1. 水川伊夫中将（？），绥西警备司令，1940/3/22，毙于绥远。在日军方面的资料中，没有关于水川伊夫的情况。

（4）海天佛国普陀山

“海天佛国”普陀山是中国四大佛教名山之一，在我国沿海及东南亚一带久享盛名。普陀山主要有三大寺院，即：普济寺、法雨寺、慧济寺。

其中，我最喜欢的是法雨寺。

“普天之下，莫非王土；率土之滨，莫非王臣。”所谓天下之大，法雨霏霏，没有天恩挥洒不到的地方。就连远在舟山偏僻海岛上的寺庙，也享受着天风浩荡、阳光雨露。

普陀山有三宝：字塔、铜锅、贝叶经。所谓“字塔”，即《楞严经》字塔，由安徽歙县三宝弟子李国宁，于清咸丰六年（1856），用七个半月时间焚香习书而成。其用蝇头小楷将77036字的《楞严经》排列成塔形图案，抄写在六尺宣纸上，令人叹为观止。所谓“铜锅”，即“千僧锅”和“罗汉锅”。这两口大锅都是普济寺的，且都铸于民国5年（1916），重量分别为1.5吨和1.2吨。这两口锅究竟有多大呢？煮一锅饭能供上千人就餐，这么一想，您就知道它们有多大了。“贝叶经”是用铁笔在贝多罗树叶上

所刻写的佛教经文。普陀山珍藏的两部贝叶真经，在薄如纸的贝叶上，刻有两三行或十余行不等的印度梵文经典。其字细如蝇足，但笔画清晰。

除了这三件宝贝，普陀山还有康有为、孙中山的书法真迹。

1919年8月，康有为来到普陀山。现存于普陀山文物馆的康有为书法，一件是其在不肯去观音院的诗文手书；一件是其为法雨寺撰写的对联："锦屏临海浪，法雨冰天花。"

听说，民国5年（1916），孙中山先生游览普陀时，也曾留下墨宝，以记叙他登临佛顶山时见"海市蜃楼"的情景——可惜，我无缘看到。

1997年10月30日落成的南海观音铜像，是舟山旅游的标志性建筑。自唐朝建成不肯去观音院以来，到普陀山朝拜观音的人络绎不绝。尤其是三大香会和节假日期间，普陀山香火鼎盛，游人如织。而今，普陀山的年接待游客数已连续16年在百万人次之上。"五朝恩赐无双地，四海推崇第一山"，集山海奇观、佛教文化于一身的普陀山，已经成为国内外最大的观音菩萨供奉地。

天下寺庙，须以万千计。正如大乘禅院千佛楼上的那副对联所说：

"千说千谈，不离超生脱死；佛经佛法，无非转悟开迷。"

所以，按照赵朴老"人间佛教"的理念，只要心中有佛，无论身在何处，都能自证菩提。

（5）桃花岛·情人岛

桃花岛是美丽的。因为，它存在于天地之间，也存在于我们的想象里。

先有桃花岛，后有《射雕英雄传》。看了金庸先生的武侠小说《射雕英雄传》后，我对那个美丽而又神奇的桃花岛，更加心神向往了。桃花岛也因为《射雕英雄传》，蒙上了一层“海上仙山”的神秘面纱。从这个意义上来说，桃花岛是属于金庸的——因为，金庸将一个“诗歌”中才有的天堂，带到了人间。

但桃花岛终究不是金庸的。金庸先生帮我们创造出了一个“情人岛”：那儿花谢花飞飞满天，桃花流水鳜鱼肥；那儿夫妻双双把家还，闲来垂钓碧溪边；那儿两只蝴蝶飞呀飞，一只公、一只母；那儿山青青、水潺潺，衣食无忧赛神仙！

这样的桃花岛，这样的海上仙山，仿佛桃花源的所在，它早已存在于你我理想深处，她是我们梦想的家园。所以，从这个意义上来说，桃花岛不属于金庸，不属于某一个人。它不属于你，也不属于我，她只能属于天下任意一对神仙眷侣。

桃花岛是不能一个人去的。

世上许多地方，都可以一个人去玩。但桃花岛，必须与另一半一起去。

天下有几个男人不梦想着“命犯桃花”呢？爱情至上，情人至上，如果真正寻觅到了人生的另一半，天下又有几个男人愿意在有限的生命里命带桃花呢？

因此，在我看来，桃花岛应该是一座“知音岛”。知音难觅，如果找到了知音，要什么皇宫，求什么家财万贯，做一个衣食无忧、精神至高无上的垂钓者，此生，夫复何求？！

桃花岛不仅有奇峰林石，碧海金沙，还有树木葱郁，鸟语花香，景色宜人。看着风光秀丽、绿荫苍苍、清流涓涓的桃花寨，置身其中的，仿佛不是“射雕旅游城”的某一个场景，而是风光旖旎的江南水乡了。

“射雕旅游城”位于桃花岛西部的大佛岩。大佛岩是桃花岛的标志，也是《射雕》一书中桃花岛主黄药师的主要活动场所。“射雕旅游城”由一座座古色古香的建筑组合而成，它们均依山而建，掩映于绿树红花之中，几乎汇集了金庸先生小说中有关桃花岛的所有景物。

2001年9月30日至11月11日，《射雕英雄传》剧组进驻桃花岛，在这儿拍了200多场戏。

这儿有“桃花岛主”黄药师的“黄药山庄”“积翠亭”，有陆乘风隐居之所“归云庄”，还有一条南宋王朝的繁华之城“临安街”。可以说是酒幌飘摇杏花远，茶楼客舍美色香。这些微缩、浓缩了的建筑，或依山而建，或傍水而居，或高低起伏，或错落有致，营造出了一种山水田园的氛围。

人生若能归隐是处，可唱《归去来兮辞》矣。

（6）战士第二故乡

到舟山，必须去趟枸杞岛，去趟东福山岛。那儿是歌曲《战士第二故乡》的原唱地，发源地。

《战士第二故乡》创作于1963年春，由张焕成作词、向彤改词、沈亚威作曲，顾松民、李双江、郁钧剑、阎维文、江涛等都演唱过这首歌。这是一首反映中国军人扎根军营、热爱驻地、乐于奉献的歌曲。

《战士第二故乡》的词作者是张焕成。

1958年11月，张焕成应征入伍来到东福山岛。东福山岛位于浙江省舟山市普陀区东极镇，离公海不远，是东海中的一座孤岛，面积仅1.2平方公里，常年云遮雾罩。部队上岛之前，岛上渺无人烟，荒凉至极。据传秦代方士徐福出海寻丹曾到过此岛，“东福山”就是以“徐福东渡至此”而命名的。由于东福山等群岛临近公海，历史上英国、日本侵略者都把这些岛屿作为入侵中国的跳板，国民党败退台湾后，不断叫嚣要反攻大陆，因此东福山等岛屿就成为大陆防守的最前哨。由于岛上荒芜，驻军的粮食蔬菜供应全部靠大陆派船运送，若遇台风季节，粮食蔬菜运送被耽误，有时候官兵们一日粮食只有半斤米，没有菜蔬只好配盐汤。因此，战士们编了顺口溜："住帐篷，喝盐汤，半斤粮，肚角装，不怕苦，守边防……"为了解决生活困难，官兵们自己动手，搬走石头，修建营房，用一小块一小块地来种菜。

入伍半年多后，张焕成被守岛官兵们扎根海岛、不畏劳苦、坚守祖国东大门的精神感动了，这个只上过三个月学堂的新兵蛋子，开始用诗歌的形式在笔记本上记录自己的内心感受。有些字他不会写，就向战友们讨教。他写了改、改了写，从1959年决定写一首"小诗"算起，到1962年《战士第二故乡》定稿，张焕成整整写了3年的时间。

云雾漫山飘，海水绕海礁。
人都说咱岛儿荒，从来不长一棵树。
全是那石头和茅草，有咱战士在山上
管叫那荒岛变模样——
搬走那石头，修起那营房
栽上那松树，放牧着牛羊
——啊，东福山，你是我们战士的乐园
是我们日夜守卫的地方。

这是张焕成历时3年写成的原词。

"写这首诗时，根本没想到它能成为战友们传唱的歌曲。当时，就是

想把我们海防一线战士的真实生活和真切心声写出来。”2007年，张焕成在南京军区联勤部纪念建军80周年歌咏大会现场，这样介绍自己创作《战士第二故乡》的本意。1963年春，时任南京军区文化部部长、副军职创作员的沈亚威和词作家向彤一起到东福山体验生活。当时，连队副指导员韩光前要求战士们把自己写的心得体会交到连部，用以充实、更换黑板报。张焕成鼓起勇气，把他也认不准到底是不是诗的作品交了上去。第二天，张焕成用3年心血写就的题为“以岛为家”的诗歌被抄在了黑板报上。就在沈亚威、向彤离开小岛前，从连部黑板报上看到了这首短诗。瞬间，他们深深地被这首生动质朴的诗歌打动了！

“这是一首生动地表达战士对建立海上乐园充满信心的好诗，作为歌词也完全合适，于是我把它抄在记事本上。”后来，沈亚威在创作散记中回忆说。

向彤在张焕成原诗的基础上作了一些修改：一是把“啊东福山，你是我们战士的乐园，是我们日夜守卫的地方”改为“啊祖国，亲爱的祖国！你可知道战士的心愿，这儿正是我最愿意守卫的地方”，这种修改，使这首歌的主题和守岛战士胸怀祖国的理想紧紧地联系了起来；二是把“以岛为家”延伸为“第二故乡”，题目定为“战士第二故乡”。沈亚威在东福山岛归来的登陆艇上就谱出了《战士第二故乡》的曲子。

1963年“八一”前夕，在北京举办的全军第三届文艺会演中，《战士第二故乡》由歌唱家顾松民演唱，获得了好评，南京军区前线歌舞团八场大型歌舞《东海前哨之歌》荣获优秀节目奖，《战士第二故乡》也被列入其中作为插曲之一。从此成为一首名曲，享誉中外。

1981年，在《沈亚威作品专场音乐会》上，《战士第二故乡》这首歌改由李双江演唱。为适应他的音色需要，沈亚威在原曲的后面又增加了

“这儿正是我们的第二个故乡”这样的结束句。至此，这首歌曲从初稿到最后定稿，历时18年才最终完成。随着这首歌盒带的发行，《战士第二故乡》便在部队、城乡广泛流传，成为我军广大官兵以岗为家、保卫边疆、热爱祖国之崇高情感的一种寄托。特别是舟山的守备部队，把这首歌作为战士的必唱歌曲，当作守备部队的岛歌。这支歌，不但一代代军人百唱不厌，就连像我这样没有穿过军装、没有扛过枪的人，也非常喜欢唱。从此以后，“第二故乡”就成了部队驻地的代名词。

2011年4月25日，我们到舟山拍摄、制作CCTV-15《乐游天下》的两期节目，期中一期是《蚂蚁岛上忆“军港”》，这期节目主要是从歌曲《军港之夜》入题，回顾军旅作家马金星当年创作《军港之夜》的过程；而另一期节目是《“第二故乡”思东极》，我们试图还原当年音乐家沈亚威和词作家向彤到东福岛采风的情景，将他们下基层、跑边防，慧眼发现战士张焕成的故事，还原给大家。

今天，这首被人们传唱了50多年的《战士第二故乡》，依然陪伴着共和国卫士们无怨无悔地守护着这个被人称为“风的故乡、雨的温床、雾的王国、浪的摇篮”的小岛。

而现在，我所站立的地方，是军事禁区，普通人是不能进去的。因为拍节目的需要，我们摄制组还是享受了一些便利。经过一番沟通，我们得到当地驻军的许可，顺利进入营房，拍了一些平常人不可能拍摄到的画面。

我是一个心中装着士兵，全心全意爱着部队的人。在舟山行走、拍摄、采风的日子里，我常常为我们的军人、我们的部队而感动。我爱舟山，我爱这里的朋友们，像邱平海、刘菊芬、江建国、丁国斌、施胜强、施海珍、徐荣木、金瑛、李杰、刘炳乐、王辉、杨伟、俞志良、白峰、郭海斌、韩宏亮等等这些名字，都烙印在我的心里。我在舟山采风期间，曾写过一首《青浜岛下水翻翻》的诗，全诗如下：

风吻海水水舔天，方外从来有仙山。
幸福写意渔民画，逍遥轻晃水兵船。
秦皇不在长城在，徐福去了四海闲。
海鸥双双戏岩石，青浜岛下水翻翻。

临别前，东极岛驻军的陈永强教导员请我为战士们留下“墨宝”，我说我很少写字，陈永强教导员十分真诚地告诉我：战士们长年累月守卫在小岛上，难得看到外人，更不要说是来自中央电视台的导演和工作人员了。陈永强教导员说到此处，我也只好“献丑”，于是，就有了这幅书法作品，算是我代表栏目组的同志们，留给战士们永久的纪念吧！

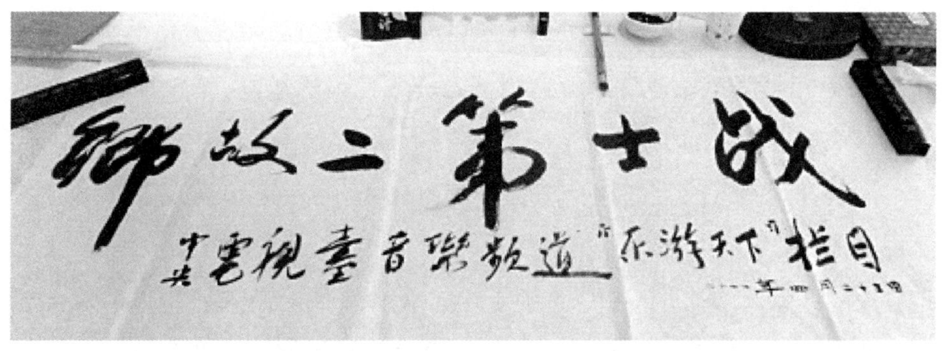

（7）东极岛遇“驴友”

前段时间，我们在东极岛拍片子，正好赶上苏州易派一帮“驴友”也去东极。

那天在舟山码头，我就注意到了这群人，他们一个个背着帐篷，大包、小包的，与本岛上的居民大不相同，很抢眼。因为风大、浪大，轮船停航，那天我们在码头上待了一个多小时后，只好悻悻地返回海军第一招待所，静等第二天的海上消息。结果，第二天上午8：30分，我们赶到码头上时，我又见到了这群“驴友”，他们已经先我们一步到了码头。

经过两个多小时的航程，我们抵达东极。陈永强教导员带领战士们到码头上来迎接我们时，隐隐约约的，我感觉那群“驴友”们也在上岸的队伍中。

在东极岛上住了一夜，第二天清晨，我们踏上了去青浜岛的渔船。巧的是，我们在这儿又再次看到了苏州易派的这帮朋友们——真是有缘分啊！

跨上青浜岛，这是一方神奇的岛屿：当年，中国抗日战争史上最负盛名的“东极大营救——营救里斯本丸”英国大兵惊心动魄的一幕，就发生在青浜岛。这里渔民的房子都是依岛而建，一层一层的，很像西藏拉萨的布达拉宫，因此，国内外有点见识的人，都把青浜岛渔家建筑群落称为“海上布达拉宫”。

与东极岛“驴友”们分别后，回到宾馆，他们当中的一个朋友给我发来短信，将我与他们的合影发到了我的电子信箱。人在江湖，重信守诺，方为君子。

（8）不肯去观音

据说，五代后梁贞明二年（916），有日本僧人慧锷从五台山奉观音像回国，行至莲花洋新罗礁附近，因遇风浪，船不能行，慧锷和尚便向佛像祷告：“若我国众生无缘见佛，当从所向建立精蓝。”慧锷和尚的船终于在浙江舟山潮音洞旁停泊了下来。慧锷以为观音不愿去日本，恰好当地

一个姓张的居民见状，愿意将自家的茅舍献出来，供奉这尊观音佛像，于是，慧锷和尚便一心一意在潮音洞旁供奉观音——是为普陀开山供佛之始。因为是“佛选名山”，所以，不肯去观音院被视为普陀第一庵。其香火兴旺，不同寻常。

公元917年，不肯去观音院迁址于灵鹫峰下（普陀山普济寺前身），潮音洞上的旧址因而湮没。而今的“不肯去观音院”，是1980年在潮音洞附近新建的。同时，还修了一个仿唐式建筑：中日友好长廊——人们将这里供奉的观音，称为“爱国观音”。

在普陀山走了一圈，看来看去，我觉得只有“不肯去观音院”前，才是最适宜观潮的地方。难怪1918年8月，戊戌变法失败后，康有为到普陀山小憩时，会写下这样的句子：

观音过此不肯去，海上神山涌普陀。
楼间高低二百寺，鱼龙轰卷万千波。
云和岛屿青未了，梵杂风潮音更多。
第一人间清净土，欲寻真谒竟如何？

康有为的诗，写得既不工整，也不大气。不妨步其韵，反其意，写一首，算是舟山采风的收获之一吧：

观音至此不肯过，海上仙山属普陀。
天风浩荡八万里，梵音响彻十方波。
苦瓜和尚愁何在？眼睛诗人福寿多。
人间第一清静地，不觅真如又如何？

2007年，我游普陀时，曾巧遇从山东至普陀山还愿的苦瓜和尚。

2009年6月1至7日，我有幸与中国音乐家协会20名词曲名家一起赴舟山，举行“著名词曲作家舟山行”采风活动。活动期间，舟山市文化广电新闻出版局的邱平海兄跟我谈到观音的“不肯去”三字。平海兄有着自己独立的思想。他对“不肯去”三字，持有不同看法。在他看来：观音是世界的观音，是全人类的观音，不存在有什么观音“不肯去”日本弘法利生的说法。早年僧侣们的“不肯去观音说”，是站不住脚的。

我同意邱平海兄的看法。如果硬要说有一个“不肯去观音”的话，只能有一个“救慧锷出苦海”“救慧锷出水灾”的观音，而不存在一个狭隘的“不肯去日本弘法利生的观音”。平海兄的这种解析，更符合有身份、有学识、大智慧者的心性，更符合观音大士的普世情怀。

观音是佛家的，是道家的，是中国的，更是全世界的。

（9）走进蚂蚁岛

2011年4月18日至20日，我们住在蚂蚁岛。

今天早上，吃完早饭，与老板娘和舟山文化新闻出版局的杨处长一起聊天。这种聊天，算是我了解一个地方、认识一个地方最原始的方法之一。虽然白天我们在岛上走了一圈，到现在我才知道蚂蚁岛有大蚂蚁岛、小蚂蚁岛之分。大蚂蚁岛上住人，小蚂蚁岛上埋人。小蚂蚁岛上，住满了他们的先人。店老板告诉我：渔民死了，还要坐两回船，到小蚂蚁岛上去，埋起来。而大蚂蚁岛上，住满了渔夫，他们是“公蚂蚁”，劳作了一生。在他们那儿，人生，就是从大蚂蚁岛，到小蚂蚁岛。活得简单，而又自在。

在蚂蚁岛，我了解到一些不为人知的东西。比如说，渔民出海，一

出就是十几天，甚至两个月，所以，渔民回家时，享受着就是真正的大老爷待遇，他们可以不干活，洗脚水都是女人端来。渔民回家，女人来了例假，渔民也照样过夫妻生活，因为，他们很快又会出海，只要是出海，他们就不知道自己还能不能回来。所以，他们的女人，都会很配合。这样的生活，和内陆的人们，完全不同，有些野蛮，不科学。

4月20日下午，地方政府提供给我们一条小船，虽然小，但与我们内地的船相比这种船算是很大了。他们在船头上拍摄，我到船舱里去，那儿暖和一些。船老大上身穿着皮衣，两手握着方向盘，眼睛盯着前方。方向盘前是一个彩色卫星导航仪。从它上面看，蚂蚁岛在海上，四周都是水。我们的船绕着蚂蚁岛而行，在我们船舷右前方的，就是小蚂蚁岛了。远远望去，小蚂蚁岛上有小塔一座，高若盈尺。其下就是先人们小小的墓了。围绕蚂蚁岛一圈，发现这里还有一个现代化的船厂。据说，这儿生产的船，最大的有37万吨重，这么大的船，在我的眼中要算世界上最大的船了。可是，我们摄制组的摄像助理说，比这还要大的船，他也见过，估计在100万吨以上。我想，那些，都快赶上航母了吧！

4月21日，施部长带我去普陀山参观游览。我很是开心，当然，最主要的是又多认识了一个兄弟，行走江湖半生，出门靠朋友，我最高兴的事，除了交朋结友，还是交朋结友。有施部长亲自作陪，我们直接上船，径直奔普陀山，拜了33米高的铜观音，又去普济寺敬了香。午饭后，在招待所小眯了一会，即返定海。

第二天，我去到东极岛。听杨处长介绍，那儿，有很多人家都没有了劳力，很多人出海了，就没有再回来，所以有些人家只有老人、妇女和小孩。

薛家岗文化遗址价值被严重低估

“劳动是从制造工具开始的”，“没有一只猿手曾经制造过一把即使是最粗笨的石刀”。从第一件石器被制造出来，这就标志着从猿到人发展过程中的飞跃。恩格斯说：“手不但是劳动的器官，它还是劳动的产物……以致我们在某种意义上必须说，劳动创造了人类本身。”

旧石器时代的巨兽少了，气候温暖，中小动物和鸟类繁生。弓箭在这个时期发明，正和枪炮对于文明时代一样，乃是决定性的武器。人类在征服自然的过程中，又迈出了一大步，在更大范围内发展自己的劳动和智力。这一时期的石器如石刀、石箭，石斧、箭头等，往往都装上木制或骨制的把柄。镶嵌的工具广泛使用。因此，中石器文化往往称为“细石器文化”。

薛家岗文化中，具有大量可以代表旧石器时代工具的进化阶段的石器，但是，这些石器，因为同时期出现了一些其他更好看、更好玩、更精制的石器（如石刀、石锛），而被忽视了，甚至忽略了。这在考古史上，实在是一个巨大的失误。象征旧石器时代的石簇、石刮器、石削器，被当

时的教研专家们当成普通石头忽略不计了。而那些石器，看上去的确没有什么特色。但它们不经意地扮演着旧石器早期、中期、晚期的角色，是人类智慧的代表，是旧石器时代人类文化的象征，智力的象征，是人类发展过程中不可或缺憾的关键性的环节。

忽略这些石器，会使我们的历史文化没有源头。到处去找源头，而中国文化的源头其实就在我们身边——就在我们安徽省潜山县薛家岗。这儿就是“女娲补天”故事的发生地，这里有中国历史上最著名的“天柱”和“地维”，这里是中国神话传说“盘古开天地”的地方，这里有中国历史上最早的“淮夷”（夷，是弓、箭的意思）。“断竹、续竹、飞土、逐宍”，记载的就是淮夷狩猎、打猎的场景。而淮夷、东夷，是中国历史发展过程中的一支中坚力量，他们的“凤凰图腾”，是中国“龙凤呈祥”文化中非常重要的组成部分。

薛家岗人以采集、捕鱼、打猎为业，他们的工具已经说明了这一切。而薛家岗文化遗址中出土的“石人”，具有女巫宗教图腾的意味，带有明显母系氏族社会的特征。这些历史文化信息，在当时没有得到足够的尊重。

从这些意义上来说，薛家岗文化遗址的价值被严重低估了。

音乐之都天柱山

（1）牧歌·老子骑牛上天柱

天柱山是老子与庄子修心养性的地方。老子在天柱山隐居了四五十年，期间，他创作了《长生经》与《清静经》；庄子在天柱山创作了《大宗师》《养生主》。

庄子给天柱山留下的句子是：“在太极之先而不为高，在六极之下而不为深，先天地生而不为久，长于上古而不为老。”也只有在天柱山上，庄子才能写出这样的句子。

天柱山是“天之柱，皖之源”，安徽简称为“皖”，就是因为这座山历史上被人们称为“皖公山”，它边上的妙道山，被称为“皖母山”。山称皖山，水称皖水，城称皖城，人称皖人。据《尚书·尧典》记载：“（舜）受终于文祖，肆类于上帝，禋于六宗。望（祭）于山川，遍于群神……觐四岳……五月南巡狩，至于南岳，如岱礼，用特（牛）五载一巡狩。”其中的“四岳”指的是东岳泰山，西岳华山，南岳衡山，北岳恒山。其中的南岳衡山，即天柱山。成书于西周的周公旦在《尔雅·释山》

中说："霍山为南岳。"晋代郭璞进一步阐明："霍山指天柱山，潜水所出也。"据此，天柱山的南岳尊位始于上古三皇伏羲以前的无怀氏，与东岳泰山同时受封，至隋文帝开皇九年（589），因疆域拓展，改封湖南湘山为"南岳"，并将湘山改名为"衡山"。从此以后，衡山才指湖南衡山。而此之见的衡山，都是指安徽天柱山。

那么，我们到天柱山来，是要寻找什么真经呢?

万法千经，重归于心。唐代施肩吾在总结老子的《道德经》时，总结出来五句话、五个"心"字：

大其心，容天下之物；
虚其心，爱天下之善；
平其心，论天下之事；
潜其心，观天下之理；
定其心，应天下之变。

以上五句话，围绕"心"字来写，一连用了五个"心"字，堪称老子的"心经"。这里的五个"心"为：大心、虚心、平心、潜心、定心。通过这五心，可以达到老子所讲的"致静虚，守定笃"的境界。庄子的心斋，也是按这"五心"来修养。这五句话，各代表着一个境界，分别代表了五家，即：儒家、释家（基督）、纵横家、法家（理家）、兵家。这五家，合起来，才约等于一个道家。

这五句话的第一句，如果您学会了，您可以当宰相、当总理。儒家正是修炼"大其心"的。第二句，"虚其心"，是示弱的，佛教徒最喜欢选择这种生活方式，他们讲究一个善字，讲究一个爱字。不过，佛教徒的爱，不包括男女之爱。而道家的爱，包括爱天地、父母、妻子、儿女与他人。这里的“爱”字，有人认为应该是“受”字，如果按“受”字解，正好符合佛家的主张。第三句话，“平其心，论天下之事”，引出了一个纵横家、纵横术，生发出了鬼谷子一门。纵横家的代表人物有王诩、苏秦、张仪、孙膑、庞涓等人。第四句话，“潜其心，观天下之理”，是真正的理家（今称法家），老子的先人是理官，这句话，是老子的传家宝。知理，才能明理、断案、执法。第五句，引出了一个兵家。为帅为将，必须心安神定气闲，方能乱中取主次，守静谋事定天下。从以上解释中，我肤浅地认为老子之道，包括五门：儒佛（禅）纵横理（法）兵，它们合起来，才勉强等于一个道。所以，您看出来“老子天下第一”了吗?

世人欲做事，必先正其心。端正思想，言行一致，光明磊落，言谈举止，落落大方。所以，中国文人将“文房四宝”中的“端砚”，定为砚中第一。这个“端”字，起了决定性的作用。

苏东坡的长子叫苏迈。有一次，苏迈去一个叫“德兴”的地方，临行前，苏东坡赠给他一方端砚。苏东坡给苏迈的《迈砚铭》，是这样的：

以此进道常若渴，以此求进常若惊。
以此治财常思予，以此书狱常思生。

苏东坡告诫儿子：你使用这方砚台求学时，要如饥似渴；使用这方砚台写信求官时，你要有畏惧感；使用这方砚台理财时，你要舍得救济别人；使用这方砚台处理案件时，你要切记人命关天。

男人的第一个老师是父亲。苏东坡言传身教，告诉儿子，要做一个清清白白、端端正正的人。而端州之“端”，端砚之“端”，为人端庄之

“端”，都是这个意思。

心正可托天下事，行端可焚世间书。

以上五家，是有先后次序的。儒家高于释家，释家高于纵横家，纵横家高于法家，法家又高于兵家。兵家排在最末，是因为老子认为，“以道佐人主者，不以兵强天下……兵者，不祥之器，非君子之器，不得已而用之”。

唐代施肩吾总结出来的这五句话，是老子思想的精华，包括了老子哲学的最高境界。我们不妨来品味一下老子的名句：“天地不仁，以万物为刍狗；圣人不仁，以百姓为刍狗”；“圣人之治，虚其心，实其腹；弱其志，强其骨”；“上善若水。水善利万物而不争，处众人之所恶，故几于道。居善地，心善渊，与善仁，言善信，政善治，事善能，动善时。夫唯不争，故无尤”；“故贵以身为天下，若可寄天下；爱以身为天下，若可托天下”；“致虚极，守静笃”；“知常容，容乃公，公乃王，王乃天，天乃道，道乃久，殁身不殆”；“是以圣人抱一为天下式。不自见，故明；不自是，故彰；不自伐，故有功；不自矜，故长”；“故道大，天大，地大，王亦大。域中有四大，而王居其一焉。人法地，地法天，天法道，道法自然”；“以道佐人主者，不以兵强天下……兵者，不祥之器，非君子之器，不得已而用之，恬淡为上。胜而不美，而美之者，是乐杀人。无乐杀人者，不可得志于天下矣”；“合抱之木，生于毫末；九层之台，起于累土；千里之行，始于足下”；“江海所以为百谷王者，以其善下之。故能为百谷王。是以圣人欲上民，必以言下之；欲先民，必以身后之”；“善为士者不武，善战者不怒，善胜敌者不争，善用人者为之下”；“祸莫大于轻敌，轻敌几丧吾宝”；“勇于敢则杀，勇于不敢则活”；“治大王若烹小鲜。以道莅天下，其鬼不神。非其鬼不神，其神不伤人。非其神不伤人，圣人亦不伤人。夫两不相伤，故德交归焉”；“天之道，利而不害；圣人之道，为而不争”。

老子的这些话，重心在“心”，在“天下”。

老子的心，是身心。老子的天下，是宇宙，是国家。因此，施肩吾总结的五句话当中，出现了五个“心”字、五个“天下”。这完全符合黄老哲学的世界观：先身心，后天下。

对“心”来讲，什么最重要呢?

当然是一个“安”字。

“闻事不喜不惊者，可以当大事；听谤不怒不怨者，可以处烦嚣；遇难不避不畏者，可以担重任；用心不忮不求者，可以举大略；做人不浮不躁者，可以固根本。”这些句子，归根结底一个字：安。

安身安心安大千。才能稳如天柱，潜心修道，安如大海。安徽之安、徽，是取安庆之“安”，与徽州之“徽”，组合而成。得“安”字者得天下。哪朝哪代，人们最喜欢的，都是这个“安”字。“安”是《道德经》的精华。安身安心安意安神，是安内；安邦定国安四海，是安外。内外皆安，才是安大千。

什么是“老子五心”呢?

我们将它概括为：大心、虚心、平心、潜心、定心。

做事大气，包容，即德厚，厚德载物，可安天下。此为老子初心，第一心。心大，可外化为帝王之术、将相之道；内化为舍大无为，方是收获。心大方可成大事，格调不高的人，成不了大事，能成点私事，私事即家事，家事只能是昙花一现的，算不得大事。

虚心，为老子第二心。郑板桥理解的“虚心”，是“竹解虚心是吾师”，但老子的虚心，不是物化的竹子，而是精神化的爱心与善心，天下

万物，源于爱，止于爱，生于爱，死于爱，因爱而生，爱绝而死。因爱而延长生命，因爱没有爱而离开人寰。关于善，上善若水，中善若云，下善若风。与人为善，同时，还要与天地万物为善，与自然为善，否则，其他动物被人灭绝了，人也会把自己灭绝掉。大爱天下，兼善万物，才能算是老子讲究的虚心。

平心，是老子的第三心。言行举止做到平心静心，才能利己利民利天下。心平气和，才能捭阖寰宇、纵横谈论天下之事。

潜心是老子第四心。潜下心来，方能踏实做事，潜下心来，才能明断天下之理，才能不冤枉人，才能少办错事或者不办错事。昂头走路，容易掉进陷阱，容易摔跤。放下身段，才能贴近群众，深入了解生活，才能做出我们的准确判断。

老子的第五心，是定心。定心，亦为安心。此心安处是吾乡，安心安意，才能安大千。千江有水千江月，万里无云万里天，这都是心安之后的诗作。心安的人，心定的人，可以跟随天下世事的变化而变化。变，与化，都是水、云、风的方法，水之不足，汽之成云，云之不足，雾之成风，风之不足，雨之成水。是谓变化之术。而在此过程中，我依然是我，水依然是水。这是老子所说的致善。

以上所说的“老子五心”，是有先后次序的：“大心”在前，高瞻远瞩，故能入世做事。这是初心。虚心居二，因心中有爱，有恋，有善，恋爱中的人，总是善良的，善意的。唯爱才能做大事，才能不忘初心，不忘那个“大”字。许多生意人，走着走着，忘了出发时的初心，干了坏事、错事。所以，做人要虚心，要向圣人君子请教，才能过高品质、高格调的人生。虚心的人，总觉得此心难平。为什么呢？因为自大。总感觉自己比别人高明，总放不下身段。刘备这方面很厉害，他能放下身段，去向比自己小二三十岁的诸葛亮学习，甘心做诸葛亮的学生。但刘备晚年又犯了不能“平”的毛病，他不愿意咽下关公已被人杀死这口气，心气不能平；他不愿意带上诸葛亮去亲征，认为自己征战一生，已经出师了，这是他犯了自大的毛病。

老子第四重境界，为潜心。潜不下心来的人，不能明理。不能明理的人，不能托负天下事情给他们。因为，他们会冤枉好人，办错案子。见钱眼开非好官，见利忘义是庸才。妄法、违法的人，当今社会真是太多了。为什么这样？因为天下大势，开阖有度，开放的政策执行得太久了，该收敛一下了。收敛到一定时候，再放开。知道这个道理的人，可以去当美国总统。这是老子的第四心、第四重境界。

老子的第五重境界是定心。定心之术，讲究调身、调息、调心。诸葛亮弹琴，亦是调身调息调心。下棋亦如此，如同人生，讲究大气的布局，讲究细微处的调整或调理，讲究一城一池的得失，讲究虚心地接受批评教训，讲究改过自新与他新。

在这个基础上，庄子找到了心斋，用调息、调身、调心，来放下脾气，升高人格，延长寿命。这也是道家混元派的心得，是混元派的安心法门。所以我认为，道家心经，轻松易懂。后来丹鼎派的葛洪，上清派的魏华存（坤道）、陶弘景、司马承祯，都是在此基础上，总结出了“懒汉”们喜欢的“忘心”“忘归”“坐忘”之法；隋唐之际的璨，在此基础上创作了《信心铭》，他相信的是道家的“安心”之法，即老子的“大其心，容天下之物……定其心，应天下之变”。“大虚平潜定”五个字，入世时，实为帝王之术；出世时，实为治心之法。抛却世界之后凡事只随心，只求身心安泰，此时每个人就都是自己的帝王。以上五字当中，唯一“潜”字难解。两千七百多年前，老子在安徽潜山，潜心修道，得出了

“大虚平潜定”的安心、安身、安意之宝，故后人将老子潜心修道的地方，称为“潜山”。“大其心，容天下之物……潜其心，观天下之理。”这是老子的“物理观”“科学观”“世界观”。明白天下的自然法则，大禹顺其自然，故能治水；僧璨之后的慧能，在此基础上，将自己的心得告诉了徒弟们，徒弟们将他的话整理出了一本《坛经》。实际上，佛家的《心经》太复杂，将人们拖进一个迷宫转圈圈，出不来。真经一句话，坏经万卷书。老子《道德经》只用“大虚平潜定”五个字、五句话，就讲清楚了“安心安身安大千”的方法。故老子天下第一，其他著作，等而下之。

中国是一个农业大国，小时候，我曾放过牛，一头大青牛。它的背很宽，肉很厚，鼻孔很大，牛角很夸张、很对称。牛腿也很粗，四只蹄子也很大——每只直径都大过7寸。与众不同的是，它的皮肤泛青色，阳光照在上面，会浸出一些晶莹的盐来。

当年，老子骑牛上天柱，是不是如我一样，骑着一头青牛呢？当年的天柱山，是不是像孙悟空的金箍棒那样，直冲霄汉、顶天立地呢？我这么想着，耳边仿佛响起了京韵大鼓的声音，对，是骆玉笙老先生用她那喑哑的嗓子，咿咿呀呀地在唱……

京韵大鼓《丑末寅初》

表演：骆玉笙

丑末寅初，日转扶桑，我猛抬头，见天上星，星共斗、斗和辰，它是渺渺茫茫、恍恍惚惚、密密匝匝，直冲霄汉减去了辉煌。一轮明月朝西坠，我听也听不见，在那花鼓谯楼上，梆儿听不见敲，钟儿听不见撞，锣儿听不见筛呀这个铃儿听不见晃，那些值更的人儿他沉睡如雷，梦入了黄粱。架上的金鸡不住地连声唱，千门开、万户放，这才惊动了行路之人，急急忙忙、打点着行囊，出离了店房，遘奔了前边那一座村庄。

渔翁出舱解开缆，拿起了篙，驾起了小航，飘飘摇摇晃里晃荡，惊动了那水中的那些鹭鸶、对对的鸳鸯，它是扑扑楞楞两翅儿忙啊，这不飞过了那扬子江！［甩板］

打柴的樵夫就把这个高山上，遥望见，云淡淡、雾茫茫，山长着青云、云罩着青松，松藏着古寺、寺里隐着山僧，僧在佛堂上把那木鱼儿敲得响乒乓啊，他是念佛烧香。

农夫清晨早下地，拉过了牛套上了犁，一到南洼去耕地，耕的是春种秋收、收仓闭户，奉上那一份钱粮。念书的学生走出了大门外，我只见他，头戴着方巾，身穿着蓝衫，腰系丝绦，足下蹬着云履，怀里抱着书包，一步三摇，脚步儿仓皇，他是走进了书房。

绣房的佳人儿要早起，我只见他，面对着菱花，云分两鬓、鬓上戴着鲜花，花枝招展哪，是俏梳妆。牧牛童儿不住地高声唱，我只见他，头戴着斗笠，身披着蓑衣，下穿水裤，足下蹬着草鞋，腕挎藤鞭倒骑牛背、口横短笛，吹的是自在逍遥，吹出来的那个山歌儿是野调无腔，这不越过了小溪旁。［甩板］

（2）弹歌·后羿射日

天柱山一带，是中国古代音乐的发源地，是中国音乐之都。

这里诞生过世界上最短的古歌《弹歌》——这首讴歌东夷部落、淮夷部落狩猎场面的诗歌，被先秦时代的无名氏记录下来，被称为《弹歌》：

“断竹，续竹；飞土，逐宍。”

古人仅用8个字，4个词，就描述了原始的东夷部落、淮夷部落狩猎的场景，充分体现了中国古人的智慧。

传说，东夷、淮夷的始祖族长是后羿。后羿擅长用弓箭，“后羿射日”“嫦娥奔月”，这些成语和历史故事，都与天柱山有关。

不过，在天柱山境内行走，我觉得很奇怪：为什么这里没有“后羿射日”“嫦娥奔月”的塑像呢？为什么这里没有《弹歌》的石雕呢？

（3）《诗经》·养生

《诗经》按音乐分为三类，即：风、雅、颂。

风：即音乐曲调。15国风即指15个诸侯国地区的乐调，即：周南、召南、邶风、鄘风、卫风、王风、郑风、齐风、魏风、唐风、秦风、陈风、桧风、曹风、豳风，共有160篇。

雅：指朝廷正乐，是西周王畿的音乐，分为大雅和小雅。其中大雅31篇，小雅74篇。

颂：宗庙祭祀之乐。许多都是舞曲，音乐比较舒缓、庄重。颂分为商颂5篇，鲁颂4篇，周颂31篇。

中国是家天下。从《诗经》中，我们能够找到许多姓氏的源头。天柱山是中国李姓、徐姓、赵姓、江姓、黄姓、陈姓、葛姓、龚姓、涂姓，等姓氏的发源地。《诗经》中的《江汉》《常武》《宛丘》《月出》，都与安徽天柱山有关。

先来看看《江汉》的开头是怎么写的吧！

江汉浮浮，武夫滔滔。匪安匪游，淮夷来求。
既出我车，既设我旟。匪安匪舒，淮夷来铺。

江汉汤汤，武夫洸洸。经营四方，告成于王。

四方既平，王国庶定。时靡有争，王心载宁。

江汉之浒，王命召虎：式辟四方，彻我疆土。

匪疚匪棘，王国来极。于疆于理，至于南海。

这里的“江”是指长江，“汉”是指汉水，“淮夷”是指生活在天柱山一带的诸侯国。主要是指当时的“徐国”。所以，平淮夷也是《诗经·常武》中所说的远征徐国。历史上，徐国具有1600多年的历史。是东夷、淮夷的主要组成部分，是华夏文明、炎黄儿女的重要组成部分。

再来看看《诗经·宛丘》：

子之汤兮，宛丘之上兮。洵有情兮，而无望兮。

坎其击鼓，宛丘之下。无冬无夏，值其鹭羽。

坎其击缶，宛丘之道。无冬无夏，值其鹭翿。

《宛丘》是一首“陈国民歌”“陈国情歌”“陈国恋歌”。表达了诗人对一位巫女舞蹈家的爱慕之情。其中的“汤”（荡）字，有摇摆之义，写的是舞者热情奔放的舞姿。从这首诗歌的抒情性上来看，它保留有原始宗教的狂热性。在巫风炽盛、四季巫舞不断的陈国，这位诗人（或者歌者）怀着热烈的情爱，对一位巫女（舞蹈家）唱出了自己的恋慕之情。与陈国一样，当时的楚国，也以巫祀著称，在楚辞的《九歌》等作品中，也有类似这样的男女相思的内容。

在中国古代，“巫、舞、乌”三字，基本可以相互替代。巫者，也是舞者，乌者也是歌唱的人。

你跳起舞来热情奔放，在那宛丘之上。我对你诚心恋慕，却不敢心存奢望。

你击起鼓来坎坎作响，在那宛丘下面。不论是冬天夏天，你手持鹭羽舞蹈起来，总是这样热烈奔放。

你击起缶来坎坎声响，欢舞在宛丘道上。不论是冬天夏天，你撑着一把鸟羽做成的伞跳舞，总是这样神采飞扬。

陈国是天柱山下的一个诸侯国，也是中国陈姓的发源地。陈国是指今天的河南省淮阳、柘城，及安徽省的淮北与亳州一带。这个陈国的诗人、歌者，毫不掩饰自己对巫女（舞蹈家）的爱恋之情，第一段就用了两个“兮”字，情随舞起，歌为情生，诗人禁不住为巫女优美奔放的舞姿而陶醉。但是，那个一心一意正在欢舞的巫女，似乎没有察觉到这位诗人（歌者）心中涌动的情愫，于是，这位诗人（歌者）惆怅地发出了“洵有情兮，而无望兮”的慨叹。这样的观赏舞蹈，注定是一场“单相思”，注定是一场“徒唤奈何的爱情”。诗人用完全白描的手法，为我们描绘了一场“公元前的巫舞视听盛宴”。在欢腾热闹的鼓声、缶声中，巫女不断地旋舞着，从宛丘之上，舞到了宛丘之下，舞到了大路上。空间变了，时间变了，但她的舞蹈却没有什么改变，她依然是那么神采飞扬、狂放而热烈，充满了原始之美，野性之美！而我们的这位陈国诗人（歌者），一直都在含情脉脉地看着她欢舞，一直在心中默默地念叨：我多么爱你，你却不知道！

淮阳是豫东平原上一颗璀璨的明珠。

淮阳的历史非常悠久，从充满神话色彩的伏羲之都，到后来的陈州，历史上的淮阳，三次建国，五次建都。伏羲氏、女娲氏、神农氏、三国时的曹植，都和淮阳有着不解之缘。

安徽天柱山与河南淮阳，堪称兄弟。

这两个地方，有着相同的文化背景，都是盘古开天、女娲补天的地方，都和伏羲、女娲、神农、黄帝有关。理论上看，天柱山之名，要早于宛丘。天柱山的历史，也应该早于宛丘。但天柱山又名“皖公山”“皖山”，皖山之名，应该源自宛丘。“皖”之音，源于“宛”。

天柱山一带还是中国李姓的发源地。李姓源于理姓。理姓源自“皋陶”。安徽省六安市境内有皋陶墓。皋陶是嬴姓颛顼的后裔。“共工与颛顼争帝”的最后一战，就发生在今天的安徽天柱山。最后，颛顼帝获得了胜利。此后，颛顼帝的后代主要就生活在今天的安徽天柱山一带。其中最有名的就是皋陶。皋陶的长子伯益，继承了父亲的“理官”之职，并代代相传。他们因官得姓，到商朝末年，理徵因直言犯谏触怒了纣王，得罪而死，其子理利贞避难逃到涡河流域，靠吃李子得以保全性命。为感谢“李子”的保命之功，又因理、李同音之故，遂改理氏为李氏，后来定居于楚国的苦县（今安徽亳州一带），繁衍生息。据唐林宝《元和姓纂》中记载，道家的创始人、世界十大文化名人之一的老子，为李（理）利贞的11世孙。

李姓宗族最先在天柱山周围繁衍，后来，其中一支，迁播到亳州一带，据考证，李姓的发源地为安徽天柱山、六安、亳州一带。至于“甘肃陇西李”“河北赵郡李”，都在“安徽六安李”“安徽潜山李”“安徽亳州李”之后。

今安徽天柱山（霍山），古时亦名衡山。秦汉时期有衡山郡，汉代为衡山国，辖今江淮之间皖西及毗连之豫鄂各一小部，衡山（霍山）在此郡内。汉武帝时改六安国，辖地仅今安徽六安、安丰等数县地，天柱山已不在辖区之中。

老子在亳州出生之后，曾回天柱山、六安一带祭祖。在很长的时期内，淮阳与亳州一带，都是中华民族的经济、文化、军事、政治中心。而作为中国“四大镇山”中的南山，四岳中的南岳，安徽天柱山一直都是往圣先贤们首选的心灵驿站、修真福地。它离当时的政治文化军军经济中心的亳、淮阳（宛丘），都很近。天柱山是古人心目中的寿山。因此，离天柱山不远，有寿州。寿州之名，即源自天柱山。俗语有云，寿比南山不老松。老子曾隐居在天柱山，长达四五十年之久。商汤王为了向老子学习，专移驾天柱山，向老子学习《长生经》《清静经》。与商汤王一起跟随老子在天柱山学习的，包括李翼（老子的侄子）、徐甲、殷长生、匡氏七兄弟等人。因此，天柱山有中国第一个老子讲经台。

传说，老子刚刚出生，就与李子有关，是“指李树而得姓”。

《诗经》中多处提到“李子”。如，《诗经》中的《木瓜》，也是一首表达男女爱慕之情的诗歌。

木瓜

投我以木瓜，报之以琼琚。匪报也，永以为好也！
投我以木桃，报之以琼瑶。匪报也，永以为好也！
投我以木李，报之以琼玖。匪报也，永以为好也！

翻译过来，就是：

你将木瓜投赠我，我拿琼琚作回报。不是为了答谢你，是为了珍重情意永相好。

你将木桃投赠我，我拿琼瑶作回报。不是为了答谢你，是为了珍重情意永相好。

你将木李投赠我，我拿琼玖作回报。不是为了答谢你，是为了珍重情意永相好。

《诗经》中还有一首《丘中有麻》，也是提到了“李子”：

丘中有麻

丘中有麻，彼留子嗟。彼留子嗟，将其来施施。
丘中有麦，彼留子国。彼留子国，将其来食。
丘中有李，彼留之子。彼留之子，贻我佩玖。

“投我以桃，报之以李”，是《诗经》中的名句。这句话了出自《诗经·大雅 ·抑》：

辟尔为德，俾臧俾嘉。淑慎尔止，不愆于仪。
不僭不贼，鲜不为则。投我以桃，报之以李。
彼童而角，实虹小子。

老子之后，庄子来到天柱山，创造性地提出了“心斋、撄宁、坐忘”的修心法门。

如何理解庄子的“心斋”呢?

心斋的终极目标就是与道合一，即“道通为一”。“心斋”的修养历程，是一个由外而内、层层递进的内省过程，是一个“为道日损”的过程。心志专一（即“若一志”）是“心斋”的重要基础。于外，要放下耳目听闻对外物的执著；于内，要洗去个人心中的知、欲，使心不被贪欲所蒙蔽，不被智巧所歪导。因此，庄子说：

若一志，无听之以耳而听之以心，无听之以心而听之以气。听止于耳，心止于符。气也者，虚而待物者也。唯道集虚。虚者，心斋也。

庄子所讲的“撄宁”是什么呢?

“撄宁”的意思是不被外界事物所扰，保持心神宁静。这是庄子所倡导的极高的修养境界，能够做到这一点也就得到了“道”，所以下一句是“撄而后成”。

庄子的“坐忘”，是一个由外而内的自我纯化的过程。庄子在《大宗师》中说：“堕肢体，黜聪明，离形去知，同于大通，此谓坐忘。”翻译过来就是：忘却自己的形体，抛弃自己的聪明，摆脱形体和智能的束缚，与大道融通为一，就是坐忘。郭象这样注释：“夫坐忘者，奚所不忘哉?即忘其迹，又忘其所以迹者，内不觉其一身，外不识有天地，然后旷然与变化为体而无不通也。”

唐代的司马承祯作《坐忘论》，进一步阐释坐忘之妙。认为“堕肢体”“离形”，就是忘身，要消除由眼、耳、鼻、舌、身向外欲求所产生的无止境的欲望，摆脱为满足欲望而带来的种种牵累，凝神聚气，反观内照，实现对形体的超越。

坐忘是中国茶道中的一种法门，这个法门是中国道家的茶道理念，必须达到老子所说的“至虚极，守静笃”的致静法门。说白了就是喝茶是要绝对的，做到心如止水，抵达“澄心味象”“契合自然”“心纳万物”的精神状态，在精神方面返璞归真，让自己的心性得到完全的解放，使自己的心境得到清静、恬淡、寂寞、无为，使自己的心灵随茶香弥漫，仿佛自己与宇宙融合，升华到“悟我”“无我”的境界。

人们把老子、庄子在天柱山开创的修身养性之道，尊为“混元派”，和“神仙混元派”，这也是中国道教第一派和第二派。老子的侄子李翼，在天柱山跟随老子学道，李翼的弟子是左慈，左慈的弟子是葛玄，葛玄的弟子是郑隐，郑隐的弟子是葛洪……左慈曾在天柱山巨石中得到《太清丹经》三卷，及《九鼎丹经》《金液丹经》各一卷。据传他擅长魔术，曾与曹操宴，曹操欲得松江鲈鱼，左慈以铜盘盛水钓得，曹操大喜。后在郊宴中他以幻术悉取曹操从人酒脯以饷客，被曹操追杀而隐身循形。左慈擅长房中术。《汉书》记载他生于156年，死于289年，寿至134岁，被人们尊为“雅帝”“太极左仙翁”。日本人非常推崇左慈。葛玄被人们尊为“太极葛仙翁”；郑隐被尊为“火龙真人”，80岁时还体力充沛，能够健步如飞；葛洪是葛玄的侄孙，世称“小仙翁”。

（4）《孔雀东南飞》·箜篌

中国古代最长的汉乐府诗歌《孔雀东南飞》，也出自安徽天柱山。

“孔雀东南飞，五里一徘徊。十三能织素，十四学裁衣，十五弹箜篌，十六诵诗书。十七为君妇，心中常苦悲。”

长诗中讲到了“弹箜篌、诵诗书”。

其中，“箜篌”是中国古文献资料中出现最早的乐器之一。

《史记·封禅书》：“于是塞南越，祷祠太一、后土，始用乐舞，益召歌儿，作二十五弦及空侯，琴瑟自此起。”

箜篌是中国古代的传统弹弦乐器。据考证，箜篌流传至今已有两千多年的历史了。人们除了在古代宫廷雅乐使用箜篌之外，民间也广泛使用。现常用于独奏、重奏和为歌舞伴奏，并在大型民族管弦乐队中应用。箜篌在古代有卧箜篌、竖箜篌、凤首箜篌三种形制：

①卧箜篌

卧箜篌与琴瑟相似，但有品，是汉族的传统乐器，盛行于汉至隋唐，宋代后失传。

远在春秋战国时楚国就已经有和琴、瑟相像的卧箜篌了。汉代卧箜篌被作为“华夏正声”的代表乐器列入《清商乐》中，当时有五弦十余柱，以竹为槽，用水拔弹奏，不仅流行于中原和南方一带，还流传到东北和朝鲜。

卧箜篌虽然与琴瑟形似，但其长形共鸣体音箱面板上却有像琵琶一样的品位，这是它与琴瑟在形制上相异的主要特异。辽宁辑安（今吉林集安）高句丽壁画所弹之乐器即是卧箜篌。

卧箜篌曾用于隋唐的高丽乐中，以后在我国日渐销迹，至宋代后失传。但卧箜篌在朝鲜却得以传承，经过历代的流传和改进成为今日的玄琴。在日本卧箜篌因由当时的百济国（高丽、百济都为朝鲜古称）传入，称为百济琴。

②竖箜篌

竖箜篌最早是对胡箜篌的别称。东汉之时，由波斯（今伊朗）传入我国一种角形竖琴，也称箜篌。东晋时有天竺（今印度）送给前凉政权的一部伎乐中有这种竖箜篌。

竖箜篌的来源可以追溯到古代的亚述、巴比伦、波斯以及埃及、希腊等十分流行的一种叫做竖琴的乐器。如今，古代的箜篌实物虽已不存，但汉魏壁画上多见到弹奏箜篌的人像，如敦煌莫高窟431窟弹奏的就是竖箜篌，它们完全与亚述浮雕上所见的竖琴相同。

竖箜篌状如半截弓背，曲形共鸣槽，设在向上弯曲的曲木上，音箱多是皮革制成，张着20多条弦，竖抱于怀，从两面用双手的拇指和食指同时弹奏，因此唐代人称演奏箜篌又叫“擘箜篌”。《通典》记载：“竖箜篌，胡乐也，汉灵帝好之，体曲而长，二十二弦，竖抱于怀中，而两手齐奏，俗谓‘擘箜篌’。”根据古代壁画和文献记载，竖箜篌的弦有23根、22根、16根、7根等数种。

③凤首箜篌

凤首箜篌在东晋之初，由印度经中亚传入我国。晋曹毗《箜篌赋》描绘为“龙身凤形，连翻窈窕，缨以金彩，络以翠藻”。可知其是以凤首为饰而得名。

凤首箜篌形制与竖箜篌相近，其音箱设在下方横木的部位，呈船形，向上的曲木则设有轸或起轸的作用，用以紧弦。曲颈项端雕有凤头，正如《乐唐书》所载“凤首箜篌，有项如轸”，杜佑《通典》“凤首箜篌，头有轸”。有轸或无轸的图像在敦煌壁书中均有所见。今新疆克孜尔古窟38窟晋代思维菩萨伎乐所奏乐器即为凤首箜篌。

凤首箜篌在隋唐用于印度乐、骠国乐和高丽乐中。唐德宗（780—805）时，从骠国（今缅甸）也传进了凤首箜篌。这是项有绦轸的一种凤首箜篌，至今还在缅甸流传，称“桑高”或“弯琴”，也叫做“缅甸竖琴”。而在国内，凤首箜篌在明代后失传。

④小箜篌

小箜篌，我国古代北方少数民族弹拨弦鸣乐器。又称角形箜篌，是竖箜篌之一种，属于竖箜篌中的较小者。长期流传于宫廷和民间，清代失传。20世纪30年代得以复兴，80年代推陈出新，造型各异的小箜篌登上我国和世界音乐舞台，用于独奏、合奏或伴奏之中。

小箜篌，起源于古代猎弓，具有古代乐弓向古代乐器发展的最初型式。自东汉由波斯经西域传入我国中原后，曾在历代宫廷中应用，隋唐用于西凉乐、龟兹乐、疏勒乐、高丽乐和印度乐中。在敦煌北魏至唐宋的壁画中，可以看到古代器乐演奏家们“竖抱于怀中”，用“双手齐奏”的角形箜篌，仍然保留有古代乐弓的痕迹，只是加粗了向上弯曲的共鸣槽。不仅拴弦方法简便，琴弦的数目也多为八弦。

《清朝续文献通考》中说：“小箜篌，女子所弹，铜弦、缚其柄于腰间。随弹随行，首垂流苏，状甚美观。……按弦乐器可行走弹奏者惟小箜篌一种而已。”书中并附有小箜篌图像。在北京中国艺术研究院音乐研究所的中国乐器博物馆里，珍藏着两架小箜篌。其中一架是“形如半边木梳”的小箜篌，它的型式接近于日本奈良正仓院所藏我国唐代螺钿槽箜篌残品，又与宋代陈旸《乐书》中所绘竖箜篌之一种相像。《清朝续文献通考》中所绘的小箜篌，也与这架小箜篌形制相同，是我国现存年代最早的小箜篌珍品。

沈阳音乐学院赵广运，也于1990年7月设计并制作成功便携式不转调小箜篌。演奏时，采用坐姿，将小箜篌立于地面或置于特制琴架上。共鸣箱抱于怀中，两手分别弹奏左、右两侧弦列，演奏技巧与雁柱箜篌相同。小箜篌已用于独奏、重奏、器乐合奏或为歌舞伴奏，既可弹奏悠缓的古典曲调，又可演奏现代快节奏的乐曲。创作和改编的小箜篌独奏曲有《唐宫夜曲》《梅花三弄》《渔舟唱晚》《思凡》《宫女怨》和《宫宴乐》等，重奏曲有管子、箜篌二重奏《阳关三叠》《曲江随想》和箜篌、笙、管子三重奏《凉州散》等。

当前的转调箜篌并非古董，其实是20世纪70年代以来由我国乐器改革家结合竖琴和古筝（也有一些是琵琶和古琴的东西）并再创新的新生乐器。其演奏技法以多种民族弹拨乐器的演奏技巧为主，并借鉴了竖琴的弹奏手法：采取坐姿，将共鸣箱置于胸前，左右手分别弹奏两侧琴弦，由于左右同音双排弦，等于是两架竖琴，在演奏快速旋律和泛音上，相当方便；还可以左右手同时奏出旋律与伴奏而不相互妨碍，和声拥有丰富色彩。因为通过琴底巧妙的天平轴和平衡杠杆的联系，左右双排弦张力永远相等，因此还能在中心音域通过左手弹拨，右手运用大幅度（小三度音程）揉、滑、压、颤技巧，也可演奏泛音、摇指、轮指及各种音色变化的多种手法，并可在泛音旋律中使用揉、压技巧……这样转调箜篌既有古琴、古筝的韵味，能够出色的表现我国民族音乐的风格特点，又有竖琴的音响效果，可以演奏一切竖琴曲。凝视远方，我们民族新兴乐器的潜力是巨大的。

多年来，我国作曲家为箜篌创作和改编了许多乐曲，其中独奏曲有：《高山流水》（李焕之）、《湘妃竹》（崔君芝）、《渔舟唱晚》（曹正、崔君芝）、《月儿高》（瞿春泉、崔君芝）、《阳关三叠》（杨通八、刘文金）、《思凡》（唐洪云）、《脸谱》（李海辉）、《绝句》（李海辉）、《洛神》（冯广映）、《文心雕龙》（崔君芝）和《民歌组曲》（张福全、崔君芝）等。重奏曲有：箜篌、箫二重奏《清明上河图》（刘为光）、箜篌洞箫二重奏《妆台秋思》（杜次文）、箜篌竖琴二重奏《鱼美人》（吴祖强、杜鸣心，改编杜咏）等。协奏曲有：箜篌与民族乐队《汨罗江幻想》（李焕之）、箜篌与合唱、民族乐队《箜篌引》（李焕之）、箜篌与民族乐队《古陵随想》（施万春、杨青）、箜篌与乐队《孔雀东南飞》（何占豪）、箜篌与弦乐队《彝族舞曲》（杨智华）和箜篌与弦乐队《二泉映月》（陈家驹、张定和）等。《高山流水》表现了“巍巍乎志在高山，洋洋乎志在流水”的艺术构思。《湘妃竹》是以汉代名曲《塞上》为素材创作而成，乐曲描绘了洞庭湖畔湘妃竹林秋晓晚晴的景色，用雅洁坦荡的音乐内涵，歌颂了竹子的高尚气节。此曲获全国第一届

民族器乐创作评比二等奖。《渔舟唱晚》表现了夕阳西下，湖光山色无限美好，渔人荡桨归舟时的欢乐情景。《月儿高》以唐代名曲《霓裳羽衣舞》为基础创作而成，据传，原曲是唐代皇帝梦游月宫，醒后谱下之曲。《思凡》据昆曲唱腔《尼姑思凡》改编，静中有动的引子和尾声，再现了仙桃庵晨钟暮鼓、香烟缭绕的意境。《脸谱》用现代写意手法，再现了我国传统戏剧中的各种不同人物的性格面貌。《清明上河图》以宋代音乐大师姜白石的音乐为素材，以宋代大画家张择端的名画《清明上河图》为题材创作而成，此曲曾获亚洲广播音乐作品一等奖和澳大利亚最佳音乐奖。

（5）《有鸟歌》·丁令威

潜山是中国民歌之乡。汉代有一首民谣，叫《有鸟有鸟歌》，与我们这里的白鹤宫有关，与骑鹤仙人丁令威有关。丁令威修仙归来，变化成一只仙鹤落在家乡的华表上，一位白衣少年弯弓准备射它——仙鹤飞起来，在天上盘旋，并边飞边唱：

有鸟有鸟丁令威，去家千年今始归。
城郭如旧人民非，何不学仙冢垒垒！

然后，这只仙鹤就飞走了，飞到了我们安徽天柱山。至今，我们安徽天柱山麓，还有一个白鹤宫。这件事，陶渊明记在他的《搜神后记》上：

丁令威，本辽东人，学道于灵虚山。后化鹤归辽，集城门华表柱。时有少年，举弓欲射之。鹤乃飞，徘徊空中而言曰：“有鸟有鸟丁令威，去家千年今始归。城郭如故人民非，何不学仙冢垒垒。”遂高上冲天。今辽东诸丁云其先世有升仙者，但不知名字耳。

这个“灵虚山”，在今天的安徽省当涂县境内。诗仙李白也非常喜欢丁令威，在《姑孰十咏·灵虚山》中，他这样写道：

丁令辞世人，拂衣向仙路。伏炼九丹成，方随五人去。
松萝蔽幽洞，桃杏深隐处。不知曾化鹤，辽海几归度。

丁令威在大江南北的广袤大地上，留下了很多“仙迹”，如：苏州有丁令威宅；安徽当涂县有灵虚山，安徽潜山县有白鹤宫；鞍山有仙人台、来鹤亭；诸既西岩有月台、丹井、登云跳、丁公鹤。

天柱山是中国道家“混元派”的发源地，混元派包括“老子混元派”与“神仙混元派”。之后道家的“丹鼎派”“灵宝派”“积善派”“上清派”，也都源自安徽天柱山。

安徽天柱山还是中国远古时期四大镇山中的“南山”，四岳、五岳中的“南岳”。因此，在它的附近有“寿州”“舒州”和“六安”。这些地名，都是依托天柱山而得名。天柱山上的“寿松”，至今已经有5000年左右的寿命。所以，“福如东海长流水，寿比南山不老松”，其中的“不老松”，实指天柱松。天柱山是名副其实的“寿山”。当年，老子曾在天柱山隐居、生活过很长一段时间。据司马迁《史记》记载，老子活了两百多岁。这是司马迁的第一种说法。司马迁的第二种说法认为，老子活了160多岁。老子是真正的长寿翁。老子的出生地在安徽亳州，当时的“四岳”“五岳”里，只有天柱山离老子最近。所以，天柱山自然而然就成了老子的首选之地，成了老子修身养性的好地方。至今，天柱山还有中国第一个

“老子讲经台”——比陕西周至楼观台更早。老子在天柱山期间，商汤王曾专门前来，向老子问道，跟随老子学习《长生经》。跟随老子在天柱山学习《长生经》《清静经》的人还包括：李翼、徐甲、殷长生、匡氏七兄弟（匡阜、匡续、匡裕、匡俗）、王子乔等人。

其中，应该还有一个“封君达”。

庾信生活在距今1500年前南北朝时的北周，他在安徽天柱山石牛古洞游玩的时候，写了这样一首诗：

道士封君达，仙人丁令威。
煮丹于此地，居然未肯归。

诗中的“封君达”，名衡，号青牛道士；“丁令威”即化鹤仙人。《后汉书》卷八十二下《方术传·甘始传》上说：“甘始、东郭延年、封君达三人者，皆方士也。率能行容成（容成公）御妇人术（即房中术），或饮小便，或自倒悬，爱啬精气，不极视大言。甘始、元放、延年皆为操所录，问其术而行之。君达号‘青牛师’。凡此数人，皆百余岁及二百岁也。”唐李贤注引《汉武帝内传》：“封君达，陇西人。初服黄连五十余年，入鸟举山，服水银百余年，还乡里，如二十者。常乘青牛，故号‘青牛道士’。闻有病死者，识与不识，便以腰间竹管中药与服，或下针，应手皆愈。不以姓名语人。闻鲁女生得五岳图，连年请求，女生未见授。并告节度。二百余岁乃入玄丘山去。”

天柱山麓有个“石牛古洞”，其中的“石牛”，一说是老子所骑的那头青牛所化，一说是封君达常乘的那头青牛。

（6）《舒州人歌》

唐代，天柱山一带流行《舒州人歌》：

邻邑谷不登，我土丰粢盛。
禾稼美如云，实系我使君。

从这支歌里，我们知道起码从唐代开始，我们潜山的水稻就种得很好。这里的“粢”，读作cí。唐代以前，天柱山一带的妇女们，就很擅长做“粢米饭”“粢米粑”。她们先采来水萩（毛香），洗干净，磨好，和粉，做成舒州粢粑——至今依然是大别山、天柱山一带的农家美味。

《安庆府志》载：“安禄山反，（李白）侧转宿松、匡庐间，结精舍于皖山，读书其中。”李白在天柱山结庐而居，到底是在哪一年呢？公元750年，李白在《题嵩山逸人元丹丘山居并序》中称：“白久居庐、霍。”这里的庐，是指庐山；霍，是指天柱山。综合考证，李白在天柱山建“太白精舍”的时间，当在公元748年。其间，他写下了《避地司空塬言怀》等诗。诗仙李白在天柱山隐居3年以上，因此，他在安徽一带留下了220多篇作品。李白对天柱山一带的文化，非常了解。他在《襄阳歌》中写道：“舒州杓，力士铛，李白与尔同死生。襄王云雨今安在？ 江水东流猿夜声。”这里的“杓”“铛”，都是喝酒的工具。杓读sháo，铛读chēng。现在，潜山人做的“舒州杓”，依然天下闻名。安徽潜山县的源潭镇，是全国有名的“刷业基地”。仅2015年，其制刷品销售收入就超过42亿元。

李白在天柱山“峰顶寺”居住过一宿，口占了《题峰顶寺》一诗：

夜宿峰顶寺，举手扪星辰。

不敢高声语，恐惊天上人。

白居易也很喜欢天柱山，他堪称是继李白之后，天柱山的最佳代言人。不信，我们来看一看他为天柱山拟的“广告语”：

天柱一峰擎日月，洞门千仞锁云雷。

五岳归来不看山，黄山归来不看岳，天柱归来不看峰。白居易是懂天柱山的人，他知道，天柱山的美，美在天柱峰，美在“神秘谷”的那些千奇百怪的石洞。

道家是讲究“阴阳”的。天柱山是一座阴阳的山。在这里，有阴必有阳，如皖公山、皖母山；有雄必有雌，如雄鹰哥石、雌鹰哥石；有男必有女，如天柱峰、双乳峰，分别象征着男女性征。天柱峰的美，是阳刚的美，力量的美，石头的美，雄性的美；同时，天柱山的美，又是阴柔的美，舒缓的美，云雾的美，女人的美。

所以说，天柱山当之无愧是中国道家第一山。

（7）石牛古洞·六言诗

继唐代白居易之后，宋代潜山来了个王安石，他写了一首《舒州七月十一日雨》：

行看舒气来方勇，卧听秋声落竟悭。
淅沥未生罗豆水，苍茫空失皖公山。
火耕又见无遗种，肉食何妨有厚颜。

巫祝万端曾不救，只疑天赐雨工闲。

巫祝在天柱山又唱又跳，他们的目的很单纯，就是为了向上苍祈雨、求平安。天柱山是人类傩戏的发源地，从《尚书·尧典》中的“（舜）受终于文祖，肆类于上帝，堙于六宗。望（祭）于山川”，到汉武帝“礼潜之天柱山，号曰南岳”，再到宋代王安石“沿崖涉涧三十里”，带领大小官员们到天柱山求雨，又是“系龙投玉册”，又是“磔狗浇银觥”，让巫婆、祝由科的道士们诵经求雨，直到今天，天柱山一带的傩戏，依然是人类音乐与舞蹈的活化石，值得我们研究、玩味。

安徽潜山是六言绝句的发源地。每句六个字的绝句即是六言绝句，是绝句的一种，属近体诗的范畴。六言绝句由四句组成，有严格的格律要求。和五言绝句、七言绝句相比，六言绝句比较少见。但唐代大诗人李白在潜山隐居其间，曾为舒州竹席，写过六言诗：

夏景

竹簟高人睡觉，水亭野客狂登。
帘外熏风燕语，庭前绿树蝉鸣。

唐宋及以后诸代，不乏六言绝句的名篇。天柱山盛产“六字歌”，这是中国文学史上的一大奇观、一道靓丽的风景线。如皇祐三年，王安石任舒州通判，有一天，他与弟弟王安国等人一起，拥火夜游石牛古洞。天柱山留下了他的六字歌——《题舒州山谷寺石牛洞泉穴》石刻：

水泠泠而北出，山靡靡以旁围。
欲穷源而不得，竟怅望以空归。

等到王安石当了宰相、放手改革之后，有一次，舒州乡亲们到京城里去看望他，希望他能为舒州留下点文字。王安石思索再三，依前韵写下了又一首六言诗：

水无心而宛转，山有色而环围。
穷幽深而不尽，坐石上以忘归。

王安石离开天柱山后，另一个大文豪来到了天柱山。他给母亲倒痰盂，亲口为母亲先尝苦药，留下了“涤亲溺器”的美谈。《二十四孝》上记：

宋黄庭坚，元符中为太史，性至孝。身虽贵显，奉母尽诚。每夕，亲自为母涤溺器，未尝一刻不供子职。有诗称赞：贵显闻天下，平生孝事亲。亲自涤溺器，不用婢妾人。

黄庭坚是个孝子，他秉性至孝，自小侍奉父母极真诚而且无微不至。因为母亲有洁癖，受不了马桶的异味，所以他从小就每天亲自倾倒并清洗母亲所使用的马桶，数十年如一日。即使日后身为朝中显贵，也丝毫未尝忽略照顾侍奉母亲。当母亲病危的时候，黄庭坚更是衣不解带，日夜侍奉在病榻前，亲自浅尝汤药，时刻都尽到做人子的孝道。所以苏东坡赞叹他“瑰伟之文，妙绝当世；孝友之行，追配古人”。

黄庭坚从小就受到了天柱山道教文化的滋养，还受到了天柱山禅宗文化的陶醺，于是，他在天柱山石牛古洞留下了下面这首六言诗：

司命无心播物，祖师有记传衣。
白云横而不渡，高鸟倦而犹飞。

黄庭坚爱石牛古洞，是因为这里亭泉幽美，曲径通幽，林泉皆胜，还因为这里是道教名山、佛教名山，属于道家的第十四洞天。黄庭坚幼年丧父，他的母亲带着他投靠远在淮南西道舒州任职的舅舅李公择生活。

李公择又是怎样一个人呢?

李公择是个大文学家，他在天柱山为官期间，曾和苏东坡等人一起，上天柱山，留下了《皖山分桃记》的美谈。苏东坡一生，仕途坎坷，几起几落。曾任过舒州团练副使一职，虽然时间不长，但他对天柱山的感情很深。《苏轼文集》里收录了一篇短文：

李公择天柱山分桃记

李公择与客游天柱寺还，过司命祠下，道旁见一桃烂熟可爱，当往来之冲，而不为人之所得，疑具为真灵之瑞，分食之则不足，众以与公择，公择不可。时苏、徐二客皆有老母七十余，公择使二客分之，归，遗其母，人人满意过于食桃。此事不可不识也。

文化的力量，总是从小处发力，往高处升华。苏东坡、李公择在天柱山因桃子不够，而带回去孝敬老人的故事虽小，但精神可嘉。孝，出于《大学》：“所谓治国必先齐其家者，其家不可教而能教人者无之。故君子不出家而成教于国。孝者，所以事君也；悌者，所以事长也；慈者，所

以事众也。”“夫孝，始于事亲，中于事君，终于立身。”天柱山之美，给苏东坡留下了深刻的印象。二十多年后，苏东坡在惠州写信给舒州老友李惟熙时，还这样说：“倘得生还，平生爱舒州风土，欲卜居为终老之计。”现在，天柱山石牛古洞的溪水间，还有苏东坡的一首诗：

先生仙去几经年，流水青山不改迁。
拂拭悬崖观古字，尘心病眼两醒然。

石牛古洞是六言诗的天堂，是六言诗的沃土，这里还有这样一些六言诗题刻：

（1）

山崎岖兮四遶，水浅湛兮中流。
问凿基兮谁知？曰誌公兮建修。

——王光约

（2）

水流碧兮如玉，山交翠兮若围。
临石崖以兀坐，卧云榻而迟归。

——明嘉靖山东副使张应治

（3）

水如玉而可掬，山似黛而重围。
坐石上以濯缨，沿山阿而咏归。

——明代刘应峰（刘养旦）

（4）

诗可弦兮介甫，操可砺兮涪翁。

已已一时陈迹，悠悠万古清风。

——赵希衮

（5）

前古游人来往，崖头姓字朗朗。
我来石上观泉，又见鸣琴诗榜。

——黄任琦

（6）

汲尽泠泠江水，冲开靡靡山围。
三祖道场重现，千花满载而归。

——赵朴初

（7）

大悲无不包容，浑然忘得是非。
识得信心不二，千花满载而归。

——赵朴初

抗日杀敌歌

抗日战争胜利快八十周年了。前事不忘，后事之师。为了唤醒国人记忆，不做温柔犬，重做激情狮，我曾带人一起，拍摄、制作大型纪录片《寻找英雄》。其中，有一期《击毙塚田攻》的节目。“塚田攻”是什么人呢？他是侵华日军南京大屠杀的策划人、主要刽子手之一。现在，他的人像被供奉在日本东京“靖国神社”进门的第一个位置上。塚田攻是日本陆军大将，是在世界反法西斯战争史上被击毙的最高级别的将领。

1938年12月28日，在安徽省太湖县上空，塚田攻的座机被国军第48军138师412团3营9连的高射机枪击中，日本华中派遣军总司令、第11集团军司令长官塚田攻，与他的参谋长藤原武（少将）一行11人，被击毙在安徽太湖县弥陀镇筋竹冲——现在，当地的老百姓把那个地方称为“飞机宕”。击毙塚田攻的中国部队，是第21集团军第48军138师。军长是苏祖馨，师长是李本一。他们都是广西容县人。这支广西军队坚持在敌后抗日，创造了世界反法西斯战争史上的一大奇迹。

抗日战争期间，这支广西军队坚持在敌后抗日，第48军军部就驻扎在安徽省岳西县温泉镇。在拍摄纪录片《寻找英雄》时，我们曾走访过几名抗日战争健在的老兵。在一个名叫苏小白的老师家中，我们意外听到了这些：

“我奶奶嫁给我爷爷，是因为爷爷是抗日英雄。那时候，在我们安庆流传一句话：养了儿子是老蒋的，养了女儿是两广的。抗日的爷们是英雄，美女爱英雄。广西人，那是真抗日！广西兵打日本鬼子，那是真拼命！所以，我们岳西、潜山一带流行这样的顺口溜：‘吃菜要吃白菜心，嫁人要嫁广西兵，广西兵，好良心！’‘要吃鬼子肉，去找176；要把鬼子杀，去找138！’这里的176师、138师，都是广西部队。奶奶活到近九十岁。奶奶健在的时候，她常唱这样的歌：‘奴家二十春，闺阁门沉沉，可恨日本不是人，侵略我国人；政府把兵征，我郎应了征，为国又为民，就是牺牲不要紧，有个好名声；上级有命令，今天要动身，收拾打扮换衣襟，马上就出征！’”

我对这支诞生在抗日战争时期的皖西南民歌很感兴趣，因为，它真实地反映了当年中国女性的抗日情怀。从句式上看，这应该是一首皖西南采茶调，而且，调式应该受到了昆曲、弹腔、高腔、黄梅戏的影响。擅长作曲的朋友，不妨为这支歌谱上曲子。

唐代陆羽在《茶经》中指出：安徽产茶地方江北有舒州（今潜山）、寿州（今霍山）；江南有宣州、歙州等地。宋、元、明三代时期的皖西南，茶商、绸商，生意兴隆，“浮梁歙州，万国来求。舒州太湖，买婢买奴”。因为茶叶产量高，许多地方的人都来买卖，许多人也因为茶叶生意而富了起来，于是，成功的徽商们，不仅可以在家乡盖楼房，还可以“花钱娶小老婆，买奴婢”。由此可见，那个时候的安徽人就很会做生意。物质财富多了，精神生活就丰富了，所以自古以来，皖西南一带盛行“采茶调”。黄梅戏正是在采茶调的基础上，发展而来。

中国戏曲史家、戏曲理论家周贻白在《中国戏曲史发展纲要》中说：“黄梅戏，源自湖北黄梅县采茶戏。”丁永泉先生认为：“黄梅调是逃荒的人用渔鼓筒子唱过来的。”黄梅戏中有一个传统小戏《逃水荒》，其中有这样一段唱：“老公公在外面测字看相，老婆婆挑蚜虫苦度时光，我哥哥每日里道情来唱，我嫂嫂打花鼓带打连厢，我姐姐留人家去做针线，我妹妹在外面帮人洗浆……”

民歌以贴近生活、通俗易懂的内容，载歌载舞的表演形式，征服了观众，赢得了民心。茶山上的对歌，往往会产生曼妙婉约的意境，会让青年男女之间产生朦胧的情愫，正是在这样的情境中，《茶山情歌》诞生了：

茶山情歌

（贵州民谣）

茶也清哎水也清哟！
清水烧茶献给心上的人。
情人上山你停一停，
喝口新茶表表我的心。

山岗的小路通到茶山顶
石头都踩得亮晶晶。
你送走多少灿烂的夜晚，
你送走多少灿烂的黎明。

我默默地想呀悄悄地问：
你家乡有没有这样的茶林？
茶林里有没有采茶的大姐？
大姐里有没有你心爱的人？

《茶山情歌》是一首贵州民谣，潘越云、辛晓琪等人都曾演唱过。它有多个版本：有吴颂今填词、韩乘光谱曲、杨钰莹演唱的一个版本；有卓依婷演唱的一个版本，还有邓丽君演唱的版本。后来，郭淑珍也曾唱过一首《茶山新歌》，歌词是这样的：

茶也清水也清
清水烧茶献给解放军。

亲人上岗你停一停
喝口新茶表表我的心
上岗的小路通到茶山顶
石头也踩得亮晶晶
你送去多少风雨的夜晚
你迎接过多少灿烂的黎明

早上我采茶走出门
总要望望山上带枪的人
黄昏我提篮儿回家
总要望望那威武的身影
我高声地唱啊低声地问
你家乡有没有这样的茶林
茶林里有没有采茶的大姐
大姐中有没有你心爱的人

我默默地想啊静心地问
我唱的采茶歌你爱不爱听
这歌儿像不像你家乡的曲调
采茶女像不像你心爱的人?

很明显，郭淑珍的《茶山新歌》，是《茶山情歌》的改编版。因为，《茶山情歌》不论是在唱词上，还是在旋律上，都是深入人心、沁人心脾的。《茶山情歌》是老百姓自己的歌曲，与闭门造车的创作不同，她唱出了山里人对生活的热爱和感悟，饶有趣味，耐人品味。

川军抗日是有名的。抗日战争期间，杨森将军在天柱山上留下了“南天一柱”的题刻。在皖西南的茶山上，经常可以看到四川籍抗战牺牲军人的坟茔。位于北京天安门广场中心的人民英雄纪念碑，是为了纪念在人民解放战争和人民革命中牺牲的人民英雄而建立的，碑身正面上有毛泽东主席题词的“人民英雄永垂不朽！”；碑身反面上有毛泽东起草、周恩来书写的150字碑文：“三年以来，在人民解放战争和人民革命中牺牲的人民英雄们永垂不朽！三十年以来，在人民解放战争和人民革命中牺牲的人民英雄们永垂不朽！由此上溯到一千八百四十年，从那时起，为了反对内外敌人，争取民族独立和人民自由幸福，在历次斗争中牺牲的人民英雄们永垂不朽！”这段文字，也是为埋葬在大江南北、长城内外无数抗日先烈士们而写的。

四川民歌中有首《太阳出来照红岩》的民歌：

太阳出来照红岩

（四川民歌）

太阳出来照红岩，情妹给我送茶来。
红茶绿茶都不爱，只爱情妹好人才。
喝口香茶拉妹手！巴心巴肝难分开。
在生之时同路耍，死了也要同棺材！

“宁为太平犬，不做乱世人。”生逢乱世，出川抗日的川军将士，他们战死了，很难与心上人一起“同棺材”……

1938年6月14日，国民革命军27集团军司令长官杨森率主力死守安徽怀宁县上、下石牌及潜山。

为了痛击日军，此前，杨森命所属的133师在潜山县源潭棋盘的横山岭，发动军民上万人挖战壕、筑工事，战线从横山岭东边到枫树岭，绵延15华里，准备痛击前来进犯的日军。133师将作战指挥部设在枫树岭前线，他们将周围的老百姓全部转移到黄柏山区。6月15日清晨，日本侵略军坂井支队（机械化师）气势汹汹地从安庆直奔横山岭附近的黄鹤塘——黄鹤塘阻击战就此打响。随后，日军3架飞机在空中对我四川军队阵地轮番轰炸，国军虽有伤亡，但越战越勇，经过4个多小时的激战，日军久攻不下，伤亡数百，不能前进一步。中午12时左右，狡猾的日军从万人岭抓到一个由怀宁来的雷姓手艺人，威逼其引路，从万人岭经松茂冲、时思寺到老岭头高楼一带，悄悄出现在川军的背后。国军猝不及防，腹背受敌，弹尽粮绝，两军短兵相接，开展肉搏，杀得昏天黑地，战斗持续两天，133师伤亡惨重，两千余官兵壮烈牺牲，横山岭失守，日军直逼梅城。

3个月后，日本鬼子退守安庆，逃难的百姓重返家园，只见战场上尸骨遍野，黄鹤塘里，尸骨满塘……百姓见了，无不潸然泪下。

传说，当时太阳当头，黄鹤塘里，荷叶满池，荷花正开，川军将士藏在荷叶下，日军追来，突然不见了川军，正寻找时，天公不作美，一阵风吹来，吹动荷花、荷叶，日军发现了躲在黄鹤塘中的川军，一阵机枪扫射，可怜川军兄弟，血洒黄鹤塘……

为了悼念在这场保卫战中牺牲的川军将士们，由当地的联保主任徐纯青主持，在棋盘横山岭“徐家享堂”召开追悼大会，近千民众自发赶来参加，会场气氛肃穆悲壮。会场中央，悬挂着徐权武先生撰写的两副挽联：“棋盘开战局，黄鹤杳忠魂。”“世界亦棋盘，五千年中原角逐，黩武穷兵，胜负总无常，结局依然归正统；军民同骨肉，顷刻间顽寇环攻，突围陷阵，牺牲全卫国，悼亡能不等亲丧。”

四川民歌中的采茶调，总是委婉动人，很容易就会触动我们的神经。情歌是民歌当中最有生命力和最有魅力的部分，老百姓的智慧总能在情歌当中，表现得淋漓尽致。我在全国采风过程中收集到的茶俗情歌，大多语言通俗、直白，极具生活色彩，把爱情表现得是大胆、泼辣、直率，而且热烈。例如《高山顶上一棵茶》。

高山顶上一棵茶

高山顶上一棵茶，不等春来早发芽。
两边发的绿叶叶，中间开的白花花。
大姐讨来头上戴，二姐讨来诓娃娃。
唯有三姐不去讨，手摇棉车心想他。

四川采茶调中，还有一支《高高山上一树槐》，唱起来也很风趣、幽默，极具人情味：

高高山上哟一树槐，
手把栏杆噻，望郎来——
娘问女儿哟：你望啥子哟？
“我望槐花噻几时开！”

民歌是从老百姓心中开出的花，她越开越美，历久弥香。那些从四川走出来的川军壮士，出川抗战之前，想必在家乡也听过这些民歌吧？抗战歌曲，为中华民族取得抗日战争的伟大胜利，赢得了民心，坚定了信心，具有非常深远的历史价值和现实意义。其中，最著名的抗战歌曲，是《义勇军进行曲》：

义勇军进行曲

作词：田汉　作曲：聂耳

起来！不愿做奴隶的人们！
把我们的血肉，筑成我们新的长城！
中华民族到了最危险的时刻，
每个人被迫着发出最后的吼声。
起来！起来！！起来！！！
我们万众一心，冒着敌人的炮火，
前进！
冒着敌人的炮火，
前进！前进！前进进！

《义勇军进行曲》诞生于抗击日本帝国主义侵略的战争年代，是1935年聂耳为“上海电通公司”拍摄的故事影片《风云儿女》创作的主题歌。这部影片描写了三十年代初期，以诗人辛白华为代表的中国知识分子，为拯救祖国，投笔从戎，奔赴抗日前线，英勇杀敌的故事。在这部电影里，《义勇军进行曲》在首尾两次出现，给观众留下了极为深刻的印象，很快，这支歌就成为中国最著名的抗战歌曲。1949年，《义勇军进行曲》成为中华人民共和国国歌，象征着在任何时候任何地点，为捍卫国家和民族的尊严，中华民族的坚强斗志和不屈精神永远不会被磨灭。1982年12月4

日，第五届全国人民代表大会第五次会议通过关于中华人民共和国国歌的决议，恢复田汉作词、聂耳作曲的《义勇军进行曲》为中华人民共和国国歌。2004年3月14日第十届全国人民代表大会第二次会议正式将《义勇军进行曲》作为国歌写入《中华人民共和国宪法》。

民歌的创作和诞生，离不开我们脚下的这片土地。千百年来，她总是“亲切的伴随着历史”（田汉语），见证了中华民族的成长。所以，我们常说：万里长城永不倒，中华民族的精神气节万古长青。

广西容县是全国有名的抗日将军县。抗日战争期间，容县出了92个抗日将军，其中包括带领中国军队打响抗日第一枪的何柱国将军，以及击毙日军大将塚田攻的苏祖馨将军、李本一将军，和擅长“板凳战法”的凌压西将军。

凌压西被安徽人和湖北人誉为“板凳将军”。

抗日战争时期，中国军队节节抵抗，但日军武器精良，攻势凌厉，国军在各个战场上，伤亡惨重。为了改变战场上的不利局面，足智多谋的凌压西发现，日本兵个子矮，相对中国部队来说，这是日本兵的短处。他根据日鬼子的这一劣势，想出了一个妙招：发动群众捐板凳，让负责后勤工作的部门为战士们，每人配备一条小板凳。行军的时候，战士们将小板凳背在背上，休息的时候，战士们就将小板凳放下来坐。凌压西的小板凳如果只有这个作用，那他就称不上“板凳将军”了，凌压西的“小板凳”，还有一个更大的作用：挖战壕时，凌压西命令部队把战壕深挖一尺、两尺，士兵们站在小板凳上，可以窥视战壕外边的日军动向，对敌射击。这种战壕，可以减少中国战士的伤亡。大战来临，战士们站在战壕里，集中火力阻击日军。等日军强攻临近阵地时，广西军开始组织撤退，并将脚下的小板凳撤走，一个不留。日本鬼子扑杀到战壕前，立即跳进战壕，想用这些战壕作掩体，但个子不高的日本兵，进了中国军人挖的战壕后，只能直立站在战壕里，看不到战壕外面的情况，只能端着枪对天乱放。这个时候，凌压西将军带领的中国部队就向战壕里投掷手榴弹，那些没有小板凳的日本鬼子，就成了瓮中之鳖。

1938年11月5日，凌压西将军奉令带领189师接替68军随县防地。随县防线是鄂北重镇襄樊的第一道屏障，据此可阻击日军西进，第五战区遣主力84军等部队死守。到11月15日，189师与日军血战整整十天，往来冲杀三四十次，终于把日军赶到淅河东岸。为了减少部队伤亡，凌压西让战士们利用战斗间歇的时间，加紧构筑一条以随县为核心，南北长达百余里，纵深三十里的战壕。广西容县的梁捷、杨雪芳夫妇，给我们找来当年在189师政治部工作的哈庸凡先生收集的《战壕歌》：

挖战壕，挖战壕，
大家都来挖战壕！
挖好战壕打敌人，
别让鬼子活着跑！
你一锹呀哼哟，
我一锄呀嗨哟！
打退了敌人，
大家有功劳！！！

正是哼着这样的劳动号子，一条条沟壑纵横交错的战壕挖出来了。它们是中国军人的保护伞，更是日本鬼子的坟墓。从1939年5月8日随枣会战爆发，到日军重兵正面突破随县防地，八十四军凭借这种战壕，抵抗日军长达6个月零4天。淅河对峙是抗战历史上绝无仅有的战例，粉碎了敌人西犯襄樊的企图，极大地鼓舞了中国军民抗战必胜的信心。

容县将军凌压西创造“板凳战法”，189师诞生《战壕歌》，这一切，绝非偶然。当时，广西容县流行各种杀敌歌，如《农民杀敌歌》：“放了锄头放了镑，问君为乜咁匆忙，传闻日本鬼子到，回家拉枪守村庄”“看见日寇气冲天，提起枪头瞄准先，发炮一声正打中，使佢惊散似云烟”；《工人杀敌歌》：“近年打铁得捞捞（指得钱），打有斧头打有刀，日本鬼儿来到此，老夫一斧断佢头”“码头搬运度生涯，日本鬼子竟犯来，拧起扁挑（担）打过去，要佢（他）一命叫哀哉”；《商人杀敌歌》：“卖了绫罗得了钱，得钱至紧买枪先，家庭店铺哥哥理，我去当兵把敌歼”；《学生杀敌歌》：“跨马提枪上战场，些须倭寇勿称强，莫道白面书生弱，枪声连发打穿肠”……

抗日年代，容县家家都有小板凳，村子里经常有人唱采茶戏。那些唱采茶戏的“茶公、茶娘”们，在唱古装戏之前，都要先唱一唱《抗日采茶歌》。据在1987年已78岁的容县石头乡上峒村的潘翥轩回忆，采茶戏从“一月”唱到“十二月”：

“正月梅花开几多，且唱同胞杀敌歌……四月蔷薇处处开，日本飞机日日来，房屋炸成瓦砾地，同胞避难叫哀哀。五月龙船鼓咚咚，敌人枪炮轰隆隆，同胞惨死知多少，天地可穷恨不穷！六月天时热气来，沦陷居民实可哀，妇女被奸还杀死，老人孩子被活埋！……八月桂花满树黄，汉奸想死发癫狂，贪钱通敌来侵占，大家千万要提防九月佳节是重阳，国难当头要自强，再不同心来救国，国亡会贱过牛羊……十一月来渐有霜，猛冲杀敌敌慌忙，四方八面包围住，不留一个杀精光……”

在安徽省宿松、潜山、桐城一带，人们习惯性地把每年的农历二月

十二日，称为是百花的生日，称之为“花朝”，民间有一个“花朝”之庆——花朝节。

“正月梅花香，渡春江，点缀好春光，冰肌玉骨映红妆，孤山留素影……”这是潜山县流传的省级非遗传承人韩可枝，在《十二月花神》中的唱词。

广西军在安徽抗战，可以说是占尽了天时、地利、人和。文化上，这两个省有许多相似性，都有《十二月花神》这样的民歌；地理上，广西容县与皖西南极为相似，都是丘陵地区。所以，广西军队在安徽、湖北一带抗战，战功卓著，创造了许多奇迹。

1944年4月5日，第48军在安徽省岳西县汤池畈驻地举行忠烈祠落成典礼。苏祖馨从桐城抗日战场归来，为忠烈祠竣工剪彩，同时为抗日阵亡将士召开追悼大会，并题写楹联一副：

征战几人回，试看中外古今，良将忠臣同一死；
故乡何处是，无论滇黔粤桂，天堂大别亦千秋。

从这副对联来看，当年在安徽、湖北一带抗日的，不仅有四川人、广西人，还有贵州人、云南人，和广东人。正因为有了他们，安徽岳西一带，才没有被日本人烧光、杀光、抢光。

1945年9月15日上午8时，苏祖馨将军骑着白马，身着戎装，神采奕奕，正式进入安庆，以第31集团军副总司令兼第48军军长、第十战区安庆地区受降官的身份，接受日军第六军司令官十川次郎中将、一三一师团师团长小仓达次中将、参谋长宫永义文大佐，以及所属第九十五旅团旅团长岩本高次少将、第九十六旅团旅团长海福三千雄少将等共计20370人的投降。之后，安庆城区军民举行盛大集会，庆祝安徽老省城安庆，彻底从日军铁蹄下解放出来。

广西人与安徽人的友谊，经过了血与火的洗礼。在今天的安徽、湖北大地上，还长眠着无数广西儿女，他们是真正的抗日英雄。

山歌好比春江水，自在人间慢慢唱。

解码天柱山

——淮阳与四岳之关系

福如东海长流水，寿比南山不老松。

这副对联，您一定很熟悉。可是，您知道哪座山是“南山”？寿山在哪儿吗？

这个问题，您也许回答不上来。

1400多年以来，一代又一代中国人，在文化上迷失了方向。他们大多找不到南，找不到北，不知道自己的根在哪里？不知道中国文化的根是道家文化。

我个人认为，中国文化主要是道家文化、儒家文化，和法家文化。自古以来，儒家和法家就敢于对皇帝提出批评，甚至为了黎民百姓和正义二字，可以不惜牺牲自己的生命。道家更是乐为王者师，关键时刻不仅敢于批评皇帝，也敢于自己当皇帝。一旦天下太平，他们又能急流勇退，退隐山林，做一个生活质量很高的旁观者。而且，道家思想的核心理念是顺其自然，实现可持续发展。而佛教是外来文化，缺乏原创性的核心理念，又因为消积、悲观、厌世，浪费人们的时间和生命，为真正的智者所不屑。

究竟哪座山，才是寿山？才是南山呢？

这得从“安徽天柱山”说起。

从太昊伏羲氏、神农氏、女娲氏，到公元589年之间，安徽天柱山一直被称为衡山，或被称为昆仑、皖公山、衡霍、灊山、潜山、霍山、万岁山、天柱山，被封为“四岳”“五岳”中的南岳，四大镇山中的南山。

公元589年之后，隋文帝因为疆域南扩，将衡山（天柱山）之名，改封湖南湘山为“衡山”。从此以后，湖南只有湘水，没有湘山。

从此以后，中国文人就多了一笔糊涂账，人们很难分得清历史上的“江南衡山”与现实中的“湖南衡山”了。

中国文人，从此开始迷失了方向——他们“找不到南”了。

而“江南衡山”，即安徽天柱山才是中国四大镇山中的“南山”，是中国四岳中的南岳，是中国道教文化的发源地，是中原文化的心脏，是中国文化的指南针。

连中国文化的“指南针”都丢了，中国文人，能不迷失方向吗？为了厘清事实，还安徽天柱山是中国“南山”的本来面目，让更多的人知道，天柱山是炎帝、黄帝、老子、庄子等人的根据地，是中国文化的发源地、发祥地，这就要求我们对中国古代文化进行重新解码，找到打开中国文化密码的那“两把金钥匙”。

机缘巧合，这两把金钥匙，被我找到了。它们一把在河南淮阳，另一把在我的家乡安徽天柱山。这是中国文化的两块圣地。走近这两块圣地，我们才能找到中国文化的源头，正本清源，学习中国文化精华。

伏羲、神农的都城，是淮阳。从地图上看，伏羲、女娲、炎帝、黄帝、尧、舜、禹、颛顼帝，以及老子、庄子等人，从那个年代的淮阳出发，去祭拜四岳、四镇的话，当时，离淮阳直线距离最近的是东岳泰山，和南岳衡山（天柱山）。距离淮阳最远的是北岳恒山和西岳华山。

古代的交通，不同现代。那时，受季节、河流的影响和约束，伏羲、女娲、炎帝、黄帝、颛顼帝们到东岳泰山，可谓困难重重。因为，黄河太宽了，古人很难逾越。即便千辛万苦地过去了，付出的代价也太大。所以，伏羲、女娲、炎帝、黄帝这几个人，到东岳泰山去一趟，真的很难，更不要说到北岳恒山与西岳华山了。到北岳恒山，要过黄河，根本过不了，而且，距离太远；到西岳华山，也是路途遥远，很难成行。加上每年冬天，北岳恒山与西岳华山一带都特别冷，山上冷的时间也特别长——从这一年的十月，到下一年的四月，寒冷的日子，几乎要占了7个月左右。要命的是，在这7个月的时间里，人们缺少衣服、缺乏粮食，遇上了猛兽，也很难制服它们。所以，伏羲、女娲、炎帝、黄帝这些人，基本上很少，或者根本就不去北岳恒山与西岳华山。这样用“排除法”算下来，他们愿意去的四岳、四镇中的名山，只有一座衡山（天柱山）。

从淮阳出发，到衡山（天柱山），一路上没有什么大江大河阻挡，而且，每往南边再多走一些路，季节就会越来越好一些，打到的猎物也会越来越多一些，可以采摘到的野果子、中草药，也越来越多，江东、江北，自古以来就是富裕之地。在这儿，人们还能捕到更多的鱼虾、泥鳅和黄鳝。连青蛙、鸟儿、莲子和莲藕，也比西边、北边多了很多、很多。

所以，伏羲、女娲、黄帝、颛顼、共工、尧、舜、禹他们，更愿意带着子民们一起，往南边走，到衡山（天柱山）来祭祀天地。

中国文化的根柢在道教。中国道家的发源地是在衡山（安徽天柱山）。华夏文明的摇篮，主要是指衡山（安徽天柱山）。

上古时期，淮阳一带称为宛丘。春秋、战国前后的淮阳，依然被人们称为宛丘。宛丘是指四周高、中间平坦的土山。

当伏羲、女娲、炎帝、黄帝、颛顼、共工、尧、舜、禹他们从宛丘来到衡山（安徽天柱山）时，他们发现，这是一座神山——她比宛丘高多了，这也是一座“大山宫小山”的山——四周的山高一些，中间的山略微低一些。而且，远远望去，这是一座完全白色的山！

给这座山，取个什么名字呢？我们从“宛丘”来，我们就把这座山叫做“宛山”吧！

这是一座完全白色的山，她比宛丘还要高，她比宛丘还要神圣，世上还没有哪一个字能恰好形容她的美好，我们必须为她专门造一个字。

这是一座雪白的山！我们就送给她一个雪白的名字吧！这个字左边是一个“白”字，右边是一个“完”字……因为，她是一座完全白色的山。

“这个字怎么读呢？”

“就和‘宛丘’的‘宛’字同一个音吧！只有她，才配与宛丘同名；只有她，才配和宛丘同音。这是我们对这座山，最高规格的礼赞。”

从此以后，衡山（安徽天柱山），又叫皖山。

伏羲、女娲时期，暴发了一次世纪大洪水，女娲炼五彩石以补天，衡山（安徽天柱山）的主峰——天柱峰，就成了“女娲补天”的故事发生地。

到了炎帝与黄帝打仗的时候，黄帝从长江以南，打到长江以北，长江以北的地方，是炎帝的地盘。一开始，不熟悉江北一带天时、地理情况的黄帝部队，吃了一些亏，一连几天，黄帝的部队都陷入了衡山（安徽天柱山）的茫茫大雾当中，找不到方向。关键时刻，黄帝发明了指南车，带领部队，走出了迷雾。

黄帝为什么能在衡山（天柱山）发明指南车呢?

因为，衡山（天柱山）是南岳，对应着天上的南极六星，即南斗。顺着南斗，就能固定南方。根据南方，就能找到北方。以南北二方为基础，就可以找准东方与西方。加上黄帝派人联络了光州（今河南光山县）与和州（今安徽和县）两个部落的人马前来帮助自己，所以，得到支援的黄帝部落，最终战胜了炎帝部落，黄帝成为天下盟主。炎帝与黄帝之间的战争，最终以炎帝与黄帝联盟的方式，得以和平解决。炎帝年龄偏大，炎帝部落的军事力量比黄帝部落的军事力量也要弱一些，所以，黄帝就成了炎黄联盟的首领，一统天下。但炎帝比黄帝年龄稍长一些，故而“炎”在前，“黄”在后，并称“炎黄”。

虽然炎帝和黄帝握手言和了，但炎帝部落与黄帝部落的战争，依然还在继续。到了颛顼帝（黄帝之后）的时候，共工（炎帝之后）不服，与颛顼争为帝。结果，共工大败，怒触不周山，“天柱折，地维绝。天倾西北，日月星辰就焉；地陷东南，百川水潦归焉”。

这里的“天柱”，是指衡山，即今天的安徽天柱山的天柱峰。“百川水潦归焉”，是指很多河流都流进了长江中下游，流进了东海。

所以，安徽天柱山是伏羲、女娲的天堂，是炎帝、黄帝的古战场，是共工怒触不周山、女娲补天的地方。

中国境内最好的山峰是安徽天柱峰。这里有世界上最好的花岗岩。20亿年的地质变迁，让天柱山拥有世界最美的花岗岩景观和世界最大的超高压变质带，被科学界称为“地球秘密的揭露者”“世界花岗岩地质构造上的一大奇观”。所以，我们可以毫不夸张地说：五岳归来不看山，黄山归来不看岳，天柱归来不看峰。

天柱峰，又名“皖伯尖”“朝阳峰”“蜡烛尖”“笋子尖”“单尖”。据旧志记载：“有云鹤往来其上，上古赫胥氏葬此。”

成玄英、郭象等人认为，赫胥氏即炎帝。

按照这种说法，炎帝去世后，葬在天柱峰上。

难怪原文化部部长王蒙说“天柱通神”，难怪书法家于右任说：“葬我于高山之上兮，望我故乡”！

我们常说我们是“炎黄子孙”，但有几个人知道：炎帝去世之后，就埋葬在我们安徽天柱山呢？！

天柱山是炎帝、黄帝的山。直到今天，天柱山上还遗留有许多他们活动的痕迹——其中最著名的，就是“帝座石”。

中国范围内，只有两处“帝座石”，一处在安徽天柱山，另一处也在安徽天柱山。

帝座石俗称“仙人椅”，位于天柱山虎啸崖上，它的高、宽都是2米。下层笃厚如座，上层扁薄似靠。背负天柱，面迎万壑，高低峰峦如百官拜揖。

首先映入我们眼帘的是炎帝帝座石，据说，这是炎帝辟谷、修炼、发号施令的地方。因为炎帝比黄帝年长一些的缘故吧，炎帝帝座石的位置，比黄帝的帝座石要稍高一些。不知道从什么时候起，炎帝的帝座石上，长了三棵天柱松——三生万物，喻义我们炎黄子孙，枝繁叶茂、子嗣昌盛、千秋万代、永享太平。

从炎帝帝座石向下走，不远处就是黄帝“帝座石”。细心的朋友会发现：炎黄二帝的“帝座石”，都是面南背北之向。从这里向前看，万壑松风，万国来朝，胸中自有雄兵百万。

静坐天柱山，您可以运筹帷幄之中，决胜千里之外。修心天柱山，您可以万丈红尘三杯酒，千秋大业一壶茶。结盟之后的炎帝与黄帝，在天柱山绝对不是为了打仗。他们在天柱山，是为了养生。“一命二运三风水，四积阴德五读书，六名七相八敬神，九交贵人十养生。”千百年来，红尘中纷纷扰扰的事情，只在三杯两盏淡酒里谈过；世上任何的雄图霸业，都在午后一壶浓茶里消磨。养生，是每个人必修的课程。养生在日日，在天天，在分分，在秒秒。我们不能以香烟减寿慢而抽烟，不因美酒减寿缓而贪杯，不因性爱减寿少而纵欲，不因嗔怒减寿巨而怒吼，不因劳累减寿而操心……

这些，才是中国文化的精髓。

说到这儿，我觉得有必要与大家分享一下我关于“神仙”的思考。

我认为，所谓神，是指已经故去的、大家公认为对历史做出重大贡献的人；所谓仙，是指活得自在逍遥、轻松愉快、寿命远超常人，终其一生不用为衣食住行劳神费力的高人雅士。因此我认为，炎帝、黄帝，就是中国历史上的两个神仙。

中国文化离不开安徽与河南。

有人说：“中国的历史，一千年看北京，三千年看西安，五千年看安阳，八千年看淮阳。”是的，淮阳是中华文明的发祥地之一，历史上曾三次建国、五次建都。到了商代，人们将国都从淮阳移到了商丘，又从商丘移到亳州。从此以后，亳州一带，成了中华民族新的经济、文化、军事、政治中心。老子、庄子等人，开始登上历史的舞台。但衡山（天柱山）的南山、南岳地位没有发生改变。所以，老子、庄子，先后隐居衡山（安徽天柱山）。商汤王为了向老子学习，移驾天柱山，向老子学习《长生经》《清静经》。与商汤一起跟随老子在天柱山学习的，还有李翼（老子的侄子）、徐甲（老子的书童）、殷长生、匡氏七兄弟（匡阜、匡续、匡裕、匡俗）等。因此，天柱山有中国第一个老子讲经台——它比陕西周至的楼观台更早。

历史上，衡山（安徽天柱山）是淮夷、东夷部落的地盘。这里的人发明了弓、箭，擅长射箭、搏击。我个人认为，后羿射日中的后羿，应该是我们淮夷、东夷人的首领或英雄。他的美丽妻子叫嫦娥。中国道家讲究阴阳，人们编出了一个男人的故事叫“后羿射日”，人们就必须再编出来一个故事叫“嫦娥奔月”——这才叫男女平等。

黄帝、老子从天柱山走过之后，天柱山迎来了庄子。庄子在天柱山“熊经鸟伸”，练习吐纳之术，他创造性地发明了“二禽戏”。庄子将黄老哲学，往唯心主义方面又推进了一个层次。庄子提出了心斋、撄宁、坐忘之术。至此，天柱山诞生了中国道教的第一个流派：混元派。这标志着中国道教的正式诞生。

从此之后，天地之间的一本大书，正式打开，人间道教的舞台大幕，正式开启。混元神仙派、丹鼎派、灵宝派、积善派、上清派……纷纷上场，中国文化，有了丰厚的土壤，华夏文明，矗立于世界文明之林。

看到这儿，朋友，您找到中国文化的“南”了吗？

民歌中的情和意

我认为，诗言情，歌言意。民歌主要是用来表情达意的。

当今中国唱民歌的，声音最好、作品最正、离老百姓最近的歌唱家，是彭丽媛。彭丽媛演唱的民歌，我最爱听的一首，是《沂蒙山小调》：

“人人那个都说哎，沂蒙山好，沂蒙那个山上哎，好风光……”

《沂蒙山小调》被联合国教科文组织评选为中国优秀民歌的。她唱出了八百里沂蒙的秀美，唱出了沂蒙人民的乐观情怀。

彭丽媛是从细微处一步步做起来的成功女性。她从农村，唱出大山，唱向济南，唱到北京，唱响全国，甚至唱向了全世界。

1983年，这位被音乐同行们亲切地称为“小彭”的济南军区前卫文工团的小姑娘，在中央电视台春节联欢晚会上，以一首《在希望的田野上》，赢得了全国人民的欢迎，得到了全国电视观众的喜爱。1984年，22岁的彭丽媛顺理成章地被调入中国人民解放军总政歌舞团。演出之余，她还在中国音乐学院学习，跟随金铁霖教授学习声乐，成为金铁霖先生最得意的门生。彭丽媛不仅完成了声乐本科的学业，还于1990年获得硕士学位，成为中国首位民族声乐硕士。她演唱的歌曲《父老乡亲》《珠穆朗玛》《在希望的田野上》都成了真正的民歌经典。她还在中国歌剧《白毛女》中出演主角，陆续出演过民族歌剧《党的女儿》《江姐》、音乐舞蹈史诗《复兴之路》等，并取得巨大成功。2005年9月，由她领衔出演的大型歌剧《木兰诗篇》在纽约林肯艺术中心公演，并获得巨大成功。端端正正挑作品，认认真真唱好歌，干干净净做人，老老实实做事。任何时候，彭丽媛总是严格要求自己，严把作品政治关、艺术关、质量关。正因为如此，今天的彭丽媛，不仅是一个著名的歌唱家，更是全球华人文化形象大使，中国国母，中国女性第一人。

这一切，都得益于民歌。民歌升华灵魂，音乐改变人生。歌曲快乐生活，诗歌激发热情。这四句话，不仅概括了今人，还浓缩了古人。

明代的方文写过一首《竹枝词》，这是一首通俗民歌，歌词如下：

侬家住在大江东，妾似船桅郎似蓬。
船桅一心在蓬里，蓬无空向只随风。

冯梦龙是明代著名的文学家、戏曲家。他的文学作品中，曾收录过这样一首民谣：

不写情词不写诗，一方素帕寄心知。
心知接了颠倒看，横也丝来竖也丝，这般心事有谁知？

民歌之兴起，不唯一个明代。唐、宋之际，就有许多民谣，如（唐）刘禹锡的《竹枝词》：

山桃红花满上头，蜀江春水拍山流。
花红易衰似郎意，水流无限似侬愁。

刘禹锡的另一首《竹枝词》，也堪称经典：

杨柳青青江水平，闻郎江上唱歌声。
东边日出西边雨，道是无晴却有晴。

这首诗采用了民间情歌常用的双关的手法（诗中的“晴”字，与“情”字谐音），含蓄地表达出了歌者内心微妙的恋情，新颖生动，妙趣横生。

唐诗中有首《菩萨蛮》，可谓脍炙人口，相传为李白所作：

平林漠漠烟如织，寒山一带伤心碧。
暝色入高楼，有人楼上愁。
玉阶空伫立，宿鸟归飞急。
何处是归程？长亭更短亭。

这首词受到古人很高的评价，与《忆秦娥·箫声咽》一起被誉为“百代词曲之祖”。实际上，这也是一首民歌。据（宋）僧文莹《湘山野录》卷上：“此词不知何人写在鼎州沧水驿楼，复不知何人所撰。魏道辅泰见而爱之。后至长沙，得古集于子宣（曾布）内翰家，乃知李白所作。”僧文莹的这种说法，应该是有道理的，因为，据《教坊记》记载，唐开元年间就已有《菩萨蛮》的曲名，又名《菩萨篁》《重叠金》《花间意》《梅花句》等。《杜阳杂编》说："大中初，女蛮国入贡，危髻金冠，璎珞被体，号为菩萨蛮，当时倡优遂制《菩萨蛮曲》，文士亦往往声其词。"后来，《菩萨蛮》便成了词人用以填词的词牌。

王重民（1903—1975）收编的《敦煌曲子词集》，收录了唐五代词曲161首。

敦煌曲子词，为唐人写本。从敦煌石室被发现后，多有散佚，其中大部分先后为伯希和、斯坦因等人劫走。分别收藏于巴黎国家图书馆和英京博物馆。王重民从伯希和劫走的17卷，斯坦因劫走的11卷，还有罗振玉收藏的3卷及日人桥川氏藏影片1卷中，集录曲子词213首。经过校补，去掉重复的51首，编成《敦煌曲子词集》。

《敦煌曲子词集》分上中下三卷。上卷所收曲子词最多，除残者外仍近百篇，系唐五代之作。多为长短句，调式有《菩萨蛮》《西江月》《浣溪沙》等20多种词牌。内容以离情恋语为多，广泛反映了当时社会生活。中卷所收《云谣集杂曲子》，共30首，多为寄征夫、思远吏之作。反映了荡子他州，少年负信，怨妇伤情等生活内容以及征夫旷女的心绪。下卷为乐府，多是五、七言乐府诗，共15首。内容比较广泛，多系抒情之作。

中国民歌总集，汉之前的，有《诗经》。说到《诗经》，就得说到李年、于文华夫妇。于文华以一曲《纤夫的爱》，轰动全国，赢得了大家的青睐。但于文华并没有满足于此。凭着自己对音乐的理解，他们开始了对《诗经》长期不懈的追求与探索。他们给《诗经》的许多经典作品谱曲，配器，制作动画，由于文华演唱。现在，听于文华的《诗经》，我们不仅可以听到空灵、清新、静美，还可以与古人交心、交友。

中国文化的根基，源于道家。早期的民歌，有《祈雨调》。《祈雨调》原本是道家音乐作品。现在，陕西民歌中保留有很好听的《祈雨

调》，如电视剧《平凡的世界》的主题曲《祈雨调》，受到了人们的普遍欢迎。歌词如下：

祈雨调

电视剧《平凡的世界》片头曲

作词：贺国丰　作曲：胡小鸥　演唱：贺国丰

龙王，救万民哟——
清风细雨哟救万民，
嘿——救万民
天旱了哟着火了，
地下的青苗晒干了
嘿——晒干了

龙王，救万民哟——
清风细雨哟救万民
嘿——救万民
天旱了哟着火了
地下的青苗晒干了
地下的青苗晒干了呀
地下的青苗晒干了呀
嘿——晒干了

在《黄河歌王争霸赛》上，著名词作家阎肃盛赞扬贺国丰是“王洛宾式”的人物，是一首凭着《祈雨调》让他“跪倒”的歌手。蒋大为对他的评价是“你开创了民歌的新风，把独唱戏剧化了。你把陕北民歌提升了一个档次和层次！”虽然他没有夺得“黄河歌王”的称号，但他已经是观众心中“无冕歌王”。王向荣老师认为，《祈雨调》与傩戏的渊源一样长久，值得我们去进一步挖掘与整理。

广西是刘三姐的家乡，是歌的海洋，是歌者的天堂。

“唱歌啰，出门三步起歌声。”“起过头，出过蕊，好过先前刘三妹。”人们以歌传情，以歌表意，用歌曲传唱历史、传授知识、谈情说爱、娱乐身心。如：

高山岭顶种根瓜，攀到妹门正发花。
不怕路长来见妹，一心想爱妹枝花。

又如：

十八情妹未出嫁，人留谷种妹留花。
人留谷种春天种，春天用，妹个留花等哪家？

再如：

大海中央种榕树，四边鲤鱼来遮阴。
心切切，榕树千年未落叶，郎才千年有妹心。

安徽民歌也非常好听。我曾专门邀请安徽岳西民歌之王陈为中，为我们演唱皖西南民歌。陈为中老师给我们演唱的民歌包括：

采茶歌

茶山高来茶山青，姹紫嫣红景色新，
采茶姑娘云中走哟，好似云海飘彩云。

打桑调

正月迎春靠粉墙，二月兰草满山冈，
三月桃花红满树，四月梨花白如霜。
五月双开单栀子，六月三伏看海棠，
七月莲蓬结莲子，八月桂花万里香。
九月菊花黄金阳，十月梅子满园香，
冬月瓦上开霜花，腊月大雪白茫茫。

三十六码头

正月梅花开得清，做官那个之人就住在北京。大店的朝奉徽州出，有名那个才子就出在安庆。

《十八岁大姐嫩妖妖（《洗菜台调》）

十八岁耶大姐耶嫩妖喔妖喔，肩挑着水桶手捏着瓢，一步步往前摇喔。

一摇喂摇到喂井边嗒上哦，见一对蛤蟆水面漂，越看越好笑喔。

公蛤蟆喂抱着喂母蛤蟆颈嗒，母蛤蟆抱着公蛤蟆腰，小肚子鼓几高喔。

十二时辰调

家住十字街，大门朝南开，我家有个女裙钗耶，胜似那祝英台。

十二月花

（女）一月里哟又一个一月一哟，什么子花开在妹房里哟。

（男）初一耶到十一，二十一耶腊梅子花开在妹房里耶。

（女）三月里哟又一个三月三喏，什么子花得满山香哎。

（男）初三呐到十三，二十三呐兰草花开得满山香哎。

（女）五月里耶又一个五月五喂，什么子花开得临端午喂。

（男）初五喂到十五，二十五喂那个石榴花开得临端午喂。

（女）七月里哟又一个七月七喂，什么子花开得水滴滴耶。

（男）初七哟到十七，二十七耶那个小荷花花开得水滴滴耶。

（女）九月里哟又一个九月九喂，什么子花开得能做酒喂。

（男）初九喔到十九，二十九喂那个白菊花开得能做酒喂。

手扶栏杆

（女）手扶栏杆口叹一声哪，鸳鸯枕上有情的人哪。

一路鲜花我郎少采呀，行船走马要小心哪——干呀干哥哥！

（男）什么子我的干妹妹？（女）谁是你知心合意的人哪？

（男）手扶栏杆口叹一声哪，鸳鸯枕上有情的人哪。

一路鲜花我不采呀，行船走马我自小心哪——干呀干妹妹！

（女）什么子我的干哥哥？（男）你是我知心合意的人哪！

送情歌

我送客人一把东洋伞哪哎哎哎哟，千送客人万送客人哎哎哎哟哎哟遮太阳哦。

我送客人一把百折扇哪哎哎哎哟，千送客人万送客人哎哎哎哟哎哟扇风哦凉哦。

我送客人一把双须锁哇哎哎哎哟，千送客人万送客人哎哎哎哟哎哟锁家喔门喏。

挑花篮

正那月来迎春花来儿开耶，二月来的秧苗哟分那群那来耶。
三月来桃花红啊似火喂，四月来的蔷薇哟朵朵开耶。
五月来的栀子新那黄哎，六月来的荷花哟满那池哦塘哎。
七月来稻花飘喂香哎，八月来的风吹哟桂花满园香哎。
九月来的菊花满那园香哎，十月来的古龙哟三月哟干呐。
冬月来雪花满那天扑喂，腊月来的毛竹哟腊梅花儿开耶。

挖茶棵

懒汉生来命运薄哇，唉哟，唉哟——
一生一世讨不到老婆，嗦儿梅子多，多儿梅子嗦
唉呀唉呀喂，唉吔唉吔喔……

民歌有夸赞、表扬别人的，如：

妹是生来很斯文，好比天上五色云。

五色祥云盖天下，妹子人才盖一村。

夸人的民歌，还有——

见妹生得白花莲，又红又白又新鲜。
我想为妹遮遮阴，同心同德共秋千。

民歌中不乏歌唱男、女相思之苦的作品，如徐而缓作词的天柱山民歌《想你想得眼冒烟》：

想你想得眼冒烟，龙凤枕头泪滴穿。
想你想得心肠断，好雨下到了天柱山。

林语堂认为，中国人缺乏幽默。其实，深入民间，深入百姓，深入生活，多多了解百姓的心声，就会知道，高手在民间，中国人从来不缺少幽默。安徽桐城，是有名的文化之乡。桐城南新国先生搜集的《四言八句》，虽是民间笑话，却也充满了百姓智慧，不妨看看：

一对文武状元和一个千金小姐同时上船，船老板说：我出个四言八句，谁对上了，就免去谁的渡钱；谁对不上来，渡钱就由他（她）包了。众人同意。于是，船老板就说了四句：

一要尖又尖，二要圆又圆，
三要船头上坐，四要顶状元。

文状元才思敏捷来得快，张口就说：

小小笔头尖又尖，小小笔杆圆又圆，
十八岁大姐船头上坐，我看一眼不亚于上朝顶个文状元。

武状元不甘示弱，接着说：

小小箭头尖又尖，小小弓把圆又圆
十八岁大姐船头上坐，我看一眼不亚于上朝顶个武状元。

船老板依着文武状元的韵，继续往下说：

小小船头尖又尖，跑起顺风一窝圆
十八岁大姐船头上坐，我看一眼不亚于上朝顶了文武双状元。

千金小姐出身贵族，见这三个人出句总拿自己说事，言语轻浮，对自己有所冒犯，心中不悦，又不便发作，就借着歌儿往下说：

小小奶头尖又尖，小小肚子圆又圆。
有朝一日时运转，一胎生下三个儿子坐眼前。
大儿子手拿笔和墨，老娘我送他上朝考个文状元；
二儿子手拿弓和箭，老娘我送他上朝考个武状元；
小儿子生来脑子笨，老娘给他买条船……

文状元看看武状元，武状元看看船老板，众人哈哈一笑，替小姐付了渡钱。

中国民歌有娱乐的功效，更有教化之功，她可以引导、教化人们对爱情更忠贞，如：

同妹交情莫分别，同妹结义莫反心。

同妹结亲结到老，到老莫出两条心。

又如：

生死同娘都是定，叫娘过世莫悔心。

弟心对得妹心水，头断都是为着妹，铁打铜铸同条心。

再如：

一对鸳鸯水面游，情投意合到白头。

真情意，上街去买一张纸，你我二人订百秋。

包二奶、偷情的事情，为古圣乡贤们所不耻。这一点，也体现在民歌中，如《家花野花两个样》这支歌：

南风没有北风凉，家花没有野花香。

家花不香但长久，野花虽香不久长——不久长，家花野花两个样。

——这首歌有奉劝花心男子改邪归正的意思。

民歌当中也有消极的成分，如：

十七十八是神仙，二十齐头是中年。
莫怕话，人到中年大大耍，花开没有几多年。

又如：

佛祖伯公曲脚坐，没受香烟枉作神。
十八姑娘没去耍，枉作阳间一世人。

再如：

颠颠倒倒倒颠颠，没耍风流枉少年。
芙蓉帐里会妹妹，哥是神来妹是仙。

民歌当中也有猜字谜的，如：

三人同日去观花，百友两人共一家；
禾火同齐双并去，夕阳下面有双瓜。（谜底：春夏秋冬）

又如：

二人力大顶穿天，一女耕作半边田。
我王八卦变作乱，千田连土土连田。（谜底：夫妻義重）。

再如：

不衣一口置田庄，三寸刀儿在里藏。
乌云遮盖深房女，白木绞丝在两旁。

这四句歌儿的谜底是“福寿安乐”。看来，民歌还有祝寿、讨老人欢喜的作用。

几千年来，中国都是一个农业大国。往上数三代，我们中国人基本上都是农民的后代。有基于此，相当一部分的中国民歌，又有励志的作用。如：

莫怕苦，莫怕穷，苦久终会有日松。
田螺还有三个运，一世贫穷你信吗？
妹呀——蛇儿修久会成龙！

这支广西连山山歌《莫怕苦，莫怕穷》，可以说是源于生活，高于生活，它是唱百姓之所见，说百姓之所闻，而且很自然地用到了“起承转合”，言简而意赅，堪称中国民歌中的精品。类似的民歌，广西连山还有很多，如：

妹爱唱歌就唱歌，妹爱撑船就下河。
哥拿竹篙妹拿桨，齐齐上——随你撑到哪条河！

再如：

唱就唱，陪就陪，芦笛过街吹就吹。
心嘞响——妹今唱出榴莲笛，留留连连哥来陪！（连山民歌）

在研究中国民歌时，受中国优秀民歌的影响，我也创作了一些民歌，如：

（1）
手连手，心连心，哥哥有爱妹有春。
许愿许到榕树下，鸟儿喳喳唇对唇。
（2）
颠颠倒倒心缭乱，进进出出没个伴。
嫩模嫩样菩萨手，单等哥哥来辧断，单等哥哥来辧断。
（3）
唱歌就唱南山歌，撩妹就撩南山妹，
南山妹妹心眼好，山歌阵阵唱出来。
（4）
唱歌就唱南山调，撩妹就撩妹的腰，
妹妹本是俏佳人，竹篙出水水出篙。
（5）
蝴蝶寻花飞又飞，这堆飞到那花堆。
花儿堆堆花蕊乱，朵朵金花为郎开。

（6）新民歌《电灯》

白天想你比海深，好比鸟儿望归林。
归林好似双归鸟，公鸟挨着母鸟身。

黑夜想你望电灯，灯泡有电也有心。
想你想得人带电，也费功劳也费心。

（7）新《想你》

想你多，想你多，想你想得泪婆娑。
想来想去没办法，只好下床去干活。

想你多，想你多，想你想得唱山歌，
唱来唱去没有调，还是下田拔萝卜。

（8）新民歌《我要同你共板凳》

我要同你共板凳，我要同你共澡盆；
我要同你共棺椁，我要同你共花枕。

我要同你共房门，我要同你共毛巾；
我要同你共棉被，我要同你共今生！

天柱山还有一首民歌，叫《太阳下山挂山口》，歌词经我改编之后，是这样的：

太阳下山挂山口，山路已走九里九。
妹妹烫酒炒好菜，哥哥今夜不愿走——不愿走，真心的话儿讲个够。

另外，我还改编了这首天柱山民歌《男女心思差不多》：

高高山上石头多，哪有山水不下河？
哪有哥哥不想妹，哪有妹妹不想哥——不想哥？男女心思差不多。

与这首民歌同一个曲谱的天柱山民歌《我爱娇姐一枝花》，我也作了韵色与修改：

我爱娇姐一枝花，娇姐爱我我爱她，
娇姐爱我年纪小，我爱娇姐一枝花，
一枝花——吹吹打打娶到家。

天柱山民歌中的《山歌不唱冷飕飕》，也是一首情歌：

山歌不唱冷飕飕，芝麻不榨不出油，
大麦无曲不出酒，河里无水不行舟。
不行舟——姣姐房里无郎不风流。

我为天柱山还创作了一首民歌，叫《野人寨，仙人寨》：

野人寨上野人多，野人生来会唱歌。

山歌年年唱不尽，万树桃花两条河
两条河，两条河——潜河流到下石牌，
皖河流到盛唐坡——盛唐坡，孔雀飞来子孙多。

仙人寨里仙人多，仙人生来会唱歌。
山歌年年唱不尽，万亩竹林万首歌
张家歌，李家歌——龙潭河里鱼虾多，
渔翁生来打赤脚——打赤脚，蝴蝶飞来好事多。

2015年2月26日，我在北京曾创作了一支《想你想得我病了》的民歌，自认为很有中国民歌的韵味：

想你想得我病了，病在牙齿不在心；
恨你恨得牙痒痒——一口咬你十牙印！

想你想得我傻了，傻在五指不在唇；
恨你恨得指头酥——捏坏你的双乳坟！

人说傻人有傻福，你要让他们的话儿变成真——
让我傻人多福气，好吃好喝睡得沉；
人人都说我小气，我要让他们的话儿都失信——
天生我才必有用，我愿为你散千金！

这段时间，我听四川雅安的王德清创作的民歌《撬山药》，觉得歌词

很棒，值得推荐给大家欣赏、欣赏：

撬山药、撬山药，
妹是那花苞哥就是果。
太阳月亮一条河，
哥哥的眼神妹揣在心窝窝。

撬山药、撬山药，
妹是那干柴哥就是火。
春花秋月故事多，
妹娃的相思哥心里也难过。

撬山药嘀撬山药，
撬得个日子红红火火。
撬山药嘀撬山药，
撬开梦想好生活！

王德清的歌词写得好，云剑老师的歌词写得也好，他创作的《咱老百姓》，由吕继宏演唱，我认为，这是当代中国民歌中可以打满分的作品：

咱老百姓

作词：云剑　演唱：吕继宏

都说咱老百姓啊是那满天星

群星簇拥才有那个月呀月光明
都说咱老百姓啊是那黄土地
大地浑厚托起那个太呀太阳红
都说咱老百姓啊是那原上草
芳草连天才有那个春呀春意浓
都说咱老百姓啊是那无边的海
大浪淘沙托起那个巨呀巨轮行
天大的英雄也来自咱老百姓
树高他千尺也要扎根泥土中
是好人都不忘百姓的养育恩
鞠躬尽瘁为了报答这未了情
都说咱老百姓啊是那原上草
芳草连天才有那个春呀春意浓
都说咱老百姓啊是那无边的海
大浪淘沙托起那个巨呀巨轮行
家道他盼富裕
国运他盼昌盛
老百姓咱盼的是祥和万事兴
谁只要为了咱老百姓谋幸福
浩浩青史千秋那个万代留美名
家道他盼富裕
国运他盼昌盛
老百姓咱盼的是祥和万事兴
谁只要为了咱老百姓谋幸福

浩浩青史千秋那个万代留美名

云剑老师的这支歌，师承了鬻熊、老子的道家思想，体现了鬻熊、老子“无为而治”“发政施令为天下福谓之道，除去天下之害谓之仁”的施政理念，这种为天下人谋福祉的政治思想，无疑在今天依然是进步的。

鬻熊，姓芈，名熊，是祝融氏的后代，是陆终第六子季连的后裔。鬻熊九十岁拜见周文王，周文王把他当做老年师长，任火师（官位，祭祀时持火之人）。鬻熊有《鬻子》一卷。鬻熊是个长寿翁，他的寿命在120岁左右。楚人奉颛顼帝高阳氏为先祖，老童、祝融为远祖，鬻熊为始祖。

鬻熊是楚国人，是楚国的火师，也是老子的师傅。古人对火充满了敬畏之情。鬻熊经常带着我们的先人们一起围绕着火，祭祀、跳舞、唱歌……今天的傩戏，依然保留着古代巫婆、神汉、大祭司等人敬天祭地的成分。2012年8、9月间，我曾专门赴四川西昌、云南丽江等地采风，期间，创作了歌曲《火》——这是一首写给彝族的歌，献给那儿的人民，写给过“火把节”的弟兄们。

火

作词：徐而缓　作曲：孟美璋

火哇！火哇！——火！！！
火哇！火哇！——火！！！

牵着你的手，围着我的火
跳着你的舞，唱着我的歌

火是我的兄弟，火是我的姐妹
火是你的灵魂，火是你的气魄
看着火，想着火，围着火，踩着火，
爱着火，恋着火，举着火，喊着火
火把点燃我们的血液
火把是我们世世代代的传说

火哇！火哇！——火！！！
火哇！火哇！——火！！！

火让你痴迷，火让我着魔
火让你真诚，火让我复活
火是我的图腾，火是我的生活
火是你的气量，火是你的胆魄
看着火，想着火，围着火，踩着火，
爱着火，恋着火，举着火，喊着火
火把点燃我们的眼睛
火把是我们世世代代的传说